山东文化体验廊道故事丛书·上编

渤海
红色文化故事

BOHAI HONGSE
WENHUA GUSHI

总编纂　王志民

主　编　张　卡

山东文艺出版社

图书在版编目（CIP）数据

渤海红色文化故事 / 张卡主编. — 济南：山东文艺
出版社，2023.9

（山东文化体验廊道故事丛书）

ISBN 978-7-5329-6908-1

Ⅰ.①渤…　Ⅱ.①张…　Ⅲ.①革命故事—作品集—
中国—当代　Ⅳ.①I247.81

中国国家版本馆CIP数据核字（2023）第105865号

渤海红色文化故事

BOHAI HONGSE WENHUA GUSHI

总编纂　王志民　　主编　张　卡

主管单位	山东出版传媒股份有限公司
出版发行	山东文艺出版社
社　　址	山东省济南市英雄山路189号
邮　　编	250002
网　　址	www.sdwypress.com

读者服务	0531-82098776（总编室）
	0531-82098775（市场营销部）
电子邮箱	sdwy@sdpress.com.cn

印　　刷	山东临沂新华印刷物流集团有限责任公司
开　　本	880毫米×1230毫米　1/32
印　　张	7.75
字　　数	166千
版　　次	2023年9月第1版
印　　次	2023年9月第1次印刷
书　　号	ISBN 978-7-5329-6908-1
定　　价	59.00元

前　言

党的二十大报告明确提出："坚守中华文化立场，提炼展示中华文明的精神标识和文化精髓，加快构建中国话语和中国叙事体系，讲好中国故事、传播好中国声音，展现可信、可爱、可敬的中国形象。"习近平总书记在文化传承发展座谈会上深刻指出，要在新起点上继续推动文化繁荣、建设文化强国、建设中华民族现代文明。编纂出版《山东文化体验廊道故事丛书》（以下简称《丛书》）是深入学习贯彻党的二十大精神和习近平总书记重要指示精神，贯彻落实山东省委、省政府关于打造文化"两创"新标杆部署要求的重要举措，是立足山东文化资源优势，以沿黄河、沿大运河、沿齐长城、沿黄渤海和沿胶济铁路等文化体验廊道为轴线，以各市文化体验廊道建设为着力点，撷取历史文化精华的大型普及性学术工程，是在新的历史起点上讲好山东故事、坚定文化自信、推动文化繁荣、促进文旅结合的重点文化项目。

山东，古称"齐鲁之邦"，是中华文明最重要的发源地之一。奔流的黄河由山东入海，齐鲁大地是黄河文明的核心区域之一。巍峨屹立的泰山，自古以来就是历代帝王封禅之地，是中国东方上层文化的活动中心，1987 年被联合国教科文组织列为中国第一个世界文化、自然双重遗产。黄渤海环绕的山东半岛是全国最大的半岛，漫长海岸线形成了丰厚的海洋文化资源，一直是中国北方海上丝绸之路的重要门户。山东又是伟大思想家、教育家孔子和孟子的故乡，是儒家文化的发源地，是中国人乃至全球华人、华裔心中的"圣地"。在被称为中华文明"轴心时代"的春秋战国时期，齐鲁是中华文明的"重心"所在：诸子百家，多出齐鲁；儒墨显学，独领风骚。齐国故都临淄，是当时最大的工商业都城，被国际足联命名为"足球起源地"；这里诞生了中国历史上最早的大学堂——稷下学宫，是诸子百家争鸣的学术文化中心；齐长城西起济水，东到大海，蜿蜒于泰沂山脉，全长一千余里，是现存最早的有准确遗迹可考、保存状况较好的古代长城；被列为世界文化遗产名录的京杭大运河，纵贯山东南北，极大影响了元明清以来山东地区的经济文化发展，鲁西沿岸城市带的崛起，成为中国南北文化交流融合的运河明珠，见证了山东地区社会文化的隆替嬗变。近代以来，随着烟台、青岛等沿海城市的崛起和胶济铁路的修筑，山东成为中西文化交流、冲突、碰撞、融合的核心地区之一，收回青岛主权成为"五四"爱国运动的导火索。革命战争年代，山东党政军民用生命和鲜血凝聚而成的"党群同心、军民情深、水乳交融、生死与共"的"沂蒙精神"，是齐鲁优秀文化、伟大建党精神与中国共产党领导的人民革命英雄主义精神的集中体现，是对山东境内沂蒙、胶东、渤海、鲁西（冀鲁豫边区）

等抗日革命根据地红色文化、革命精神的集中凝练和概括，与延安精神、井冈山精神、西柏坡精神等一起成为中国共产党人精神谱系的重要组成部分。齐鲁文化在中华文明发展中的特殊地位，山东地区源远流长、丰富厚重的文化资源，坚定文化自信和自觉的历史责任担当是我们举全省之力编纂《丛书》的内在动力。

《丛书》以国家文化公园建设为引领，以落实文化"两创"、推动"两个结合"为宗旨，以推动全省及各市文化建设为目标，是具有权威性、故事性、可读性、趣味性的历史故事集成，是一套可携带、可利用、可转化的文化读本。《丛书》分为上、下两编，上编16本，围绕"四廊一线"文化体验廊道、八大文化传承发展片区展开。"四廊一线"构筑的沿黄河、沿大运河、沿齐长城、沿黄渤海、沿胶济铁路的文化交通线纵横交错，相互联系又各具特色，其特点是以脍炙人口的故事形式联通"四廊一线"的人物事迹、重点景区、遗址遗迹等，厚植文化体验廊道的思想内涵和文化底蕴。八大文化传承发展片区，既涵盖了沂蒙、渤海、鲁西、胶东四大红色文化片区，又吸收了泰山文化、儒学文化、齐文化作为重要支撑，演奏出山东历史文化、革命文化、社会主义先进文化的时代交响。下编16本，紧紧围绕各地市优势和特色展开，主要记述本地区历史故事、文化遗址与人文景观、非物质文化遗产等内容，是推动文化廊道落地、推进片区文化建设、增强文化认同、深化文旅体验的重要载体。

《丛书》由山东省委常委、宣传部部长白玉刚统筹谋划和指导，省委宣传部专门组建学术编纂委员会负责具体实施，省直各有关部门和各市委宣传部给予大力支持配合，省内相关高校、研究机构和各市有关单位共 100 余位专家学者积极参与，历经酝酿策划、启动实施、提纲设计、样稿研讨、通稿审稿、编辑出版等六个阶段。2022 年以来，省委、省政府先后印发《关于打造中华优秀传统文化"两创"新标杆行动计划（2022—2025 年）》《关于建设文化体验廊道推动文旅融合高质量发展的实施计划（2023—2025 年）》，全方位挖掘展现山东人文沃土可以深度耕作的比较优势，为《丛书》编纂做好了思想、学术和组织准备。具体编纂过程中，省委宣传部专门印发《关于做好〈丛书〉编纂工作的指导意见》，统一思想认识，作出全面部署。编委会以线上线下形式，多次召开全体会议和分组专题会议，狠抓三个重要工作节点：**一是审定编撰提纲。**通过反复研讨、交流、修改、会审等形式逐一审定编写提纲，最大程度保证全书质量。**二是树立样稿典型。**集中力量撰写、反复研讨修改，确定分类样稿，做好典型导引。**三是全力做好通稿统审。**采用主编初审、各卷主编交流互审、学术专家主审、首席专家终审等层层把关、集中审查、反复修改的方式提高稿件质量。

回顾《丛书》编纂工作，始终注意把握好以下四个方面：**一是坚定文化自信。**通过挖掘历史资料、开发历史资源、恢复历史场景等形式，获取文化营养，坚定文化自信。**二是助推文化自觉。**通过传承弘扬优秀传统文化、红色文化、社会主义先进文化，深入挖掘历史先贤和革命先烈的伟大事迹，推动文化自觉，与培育践行社会主义核心价值观有机结合。**三是落实文**

4

化"两创"。精选真实历史故事，注重挖掘故事背后的文化内涵，推动齐鲁优秀传统文化在新时代创造性转化和创新性发展，推进文化自信自强。**四是服务文旅融合。**借助故事、景观、遗址、非遗讲解词、短视频等融媒体形式，让广大读者在区域文化旅游、廊道文化体验中感受中华文化的博大精深，增强民族自豪感和自信心。

在内容撰写上注重四个结合：**一是与廊道体验相结合。**突出廊道建设概念，以故事为纬线，以时代发展为轴线，通过富有魅力的故事讲述，展示历史人物、景观、史实，引领读者体验传统文化的恢宏气势和博大精深。**二是与景观建设相结合。**以真实动人的故事为景观建设提供重要的历史资源和文化依据，通过一个个精品景观建设展示历史故事的丰富内涵和当代价值。**三是与文物保护相结合。**通过讲述历史故事，让广大读者进一步了解相关文物、遗址的历史文化价值，提升文物保护意识，推动群众性文物保护工作再上新台阶。**四是与媒体利用相结合。**立足于故事转化，使故事成为各类媒体传播的重要基础、蓝本和素材，成为廊道文化、片区文化讲解、传播的重要学术依据和资料来源。

《丛书》的编纂出版，是普及、传播优秀传统文化，推动文化"两创"的新尝试。衷心希望广大读者通过阅读本书，吸收丰富文化营养，多提宝贵修改意见。

编者

2023 年 8 月

导　语

　　渤海区是中国共产党领导的重要革命根据地，是山东抗日根据地五大战略区之一和解放战争山东三大战略区之一。渤海区前身是冀鲁边区和清河区,诞生于战火纷飞的抗日战争时期,1950 年奉命撤销。

　　渤海区东到胶莱河，西抵津浦线，北止天津南，南接胶济路，东北濒临渤海，下辖 6 个地委（专署、军分区），42 个县、市，版图面积 5.4 万平方公里，鼎盛时期人口达 1114 万。就当今山东省而言，大致包括：滨州、东营全境；济南市济阳区、商河县，以及历城区、章丘区胶济铁路以北地区；淄博市桓台县、高青县，以及张店区、临淄区、周村区胶济铁路以北地区；潍坊市寒亭区、滨海经济技术开发区、寿光市，以及潍城区、奎文区、坊子区、青州市、潍坊国家高新技术产业开发区胶济铁路以北地区，昌邑市胶莱河以西地区；德州市德城区、陵城区、乐陵市、宁津县、庆云县、临邑县，以及禹城市、平原县京沪铁路以东地区，齐河县京沪铁路以北地区。

　　渤海革命老区具有长期的革命斗争历史和光荣传统。早在中国共产党创建初期，这里便开展了党的早期活动。这里曾珍藏陈望道翻译的《共产党宣言》首版中文全译本，这里曾养育了中国共产党第一批工人党员之一的史文彬，这里曾建立了山东省最早的农村基层党组织之一中共寿（光）广（饶）支部，这里曾组建了中国北方最早的农民武装津南农民自卫军，这里曾爆发了博兴"八四"暴动、益都郑母暴动、庆云马颊河民工大罢工等。

抗日战争时期，这里爆发了一系列由中国共产党领导的抗日武装起义，广大军民坚持冀鲁平原敌后抗日游击战争，创立并巩固了清河区抗日根据地和冀鲁边区抗日根据地，创造了平原抗战的典范。

渤海区成立前的冀鲁边区，位于河北省东南部与山东省西北部接壤地带，东濒渤海湾，西靠津浦铁路和运河，南北两端紧逼日军在华北的重要战略据点济南和天津，徒骇、马颊、鬲津等河流横穿其间，下辖 26 个县，人口 600 万。1937 年七七事变爆发后，冀鲁边区党组织成立了华北民众抗日救国军和华北民众抗日救国会。10 月，中共冀鲁边区工委成立。1938 年 7 月，八路军第一一五师第五支队（永兴支队）、第一二九师津浦支队增援冀鲁边区，加强了边区的军事力量。随后又建立了冀鲁边区军政委员会、中共冀鲁边区特委和冀南区第六督察专员公署、冀南军区第六军分区。冀鲁边区党、政、军、群领导机构陆续建立，边区抗日根据地初步形成。9 月，第一一五师第三四三旅政治委员萧华率旅部机关部分人员到冀鲁边区。27 日，萧华等人抵达乐陵城，将冀鲁边区抗日武装统一整编为八路军东进抗日挺进纵队,这进一步统一和加强了边区党政军领导,同时开创了边区抗战的新局面。从1939年开始,驻边区的八路军主力和一部分当地抗日武装,先后被调往鲁西、鲁南。边区部队主力转移后,日伪军反复"扫荡"和"蚕食"边区,推行"治安强化运动"。国民党顽固派也趁机制造"磨擦",积极反共,进攻抗日根据地。边区党委向全区军民发出"恢复元气,振兴边区"的号召,加强党的建设,扩大抗日武装,开展统一战线工作,广泛地发动群众,坚持反"蚕食"、反"扫荡"、反"磨擦"。经过艰苦卓绝的斗争,边区坚持和巩固了抗日根据地。同时,为了打通与清河区的联系,冀鲁边区先后进行了四次南下军事行动。1942年,日军"扫荡"冀鲁边区,边区形势极度恶化。冀鲁边区党委提出"精干组织、化整为零、积蓄力量、等待时机"的战略方针,坚持分散性、群众性的敌后抗日游击战争。1943年年底,冀鲁边区党政机关移至清河区垦区抗日根据地。

渤海区成立前的清河区,位于山东省东北部,东至昌(邑)潍(县),西抵章(丘)历(城),南枕胶济铁路,东北濒临渤海,是八路军山东抗日根据地鲁中、胶东和冀鲁边三大战略区之间的交通联系中枢。七七事变后,清河地区党组织先后发动了黑铁山、牛头镇、潍北蔡家栏子、昌北瓦城等抗日武装起义,成立了山东人民抗日救国军第五军,八路军鲁东游击第七、八、九、十支队,临淄青年学生抗日志愿军训团,以及博兴抗日人民志愿军等。1938年5月,中共清河特委和八路军山东人民抗日游击第三支队相继成立。1939年9月,清河特委改为清河地委。1940 年 2 月，根据八路军第一纵队司令员徐向前和政委朱瑞的指示，第三支队和清河地委北渡小清河，在博兴、邹平、广饶、高苑、青城等县区开辟平原抗日根据地。5 月，成立"三三制"抗日民主政权——清河区行政专员公署，下辖 14 个县，人口 350 万。9 月，清河区部队改编为八路军山东纵队第三旅。10 月，中共清河区第一次代表大会召开，清河区党委成立。1941 年，北渡黄河，进军垦区，打通了与冀鲁边抗日根据地的联系。1943 年，清河区抗战进入最艰苦的阶段，党政军民团结一致，粉碎了日军"二十一天大'扫荡'"。反"蚕食"战役获取胜利后，陆续收复了被敌"蚕食"的益寿临广四边和邹长等县，恢复了小清河百余里的南北联系。之后，日伪军不得不暂时放弃对小清河以北、黄河以南地区之"蚕食"计划。

1944 年 1 月，经中共中央北方局批准，冀鲁边区和清河区合并组成渤海区，今天的滨州市是渤海区的中心地域，渤海区党政军领导机关曾长期驻扎在滨州市境内。抗日战争胜利后，为贯彻党中央"向北发展，向南防御"的战略方针，渤海子弟兵——山东老七师和渤海新编师挺进东北。

解放战争时期，获得翻身解放的渤海区人民为保卫胜利果实，掀起了空前规模、轰轰烈烈的参军支前、土地改革、剿匪反特、治黄立功等群众运动，克服重重困难，光荣地承担起华东战场可靠后方基地的重任，为赢得解放战争的胜利做出了巨大牺牲和突出贡献。尤其是在国民党军队重点进攻山东时期，接待 40 多万转移军民，渤海区一时成为整个华东区和华东战场的战略大后方。

据统计,整个解放战争时期,渤海区近20万优秀子弟参军,四大野战军中都有来自渤海区的子弟兵部队。

1949年,为迎接全国的解放,渤海区抽调5000多名党政军干部随军南下,接管新解放区,建立和巩固新生红色政权。1950年,根据形势和任务需要,渤海区完成光荣的历史使命后奉命撤销。

在长期的革命战争中,无论多么艰难困苦,无论遇到什么坎坷挫折,渤海区人民都始终不渝地坚持中国共产党的领导,坚定革命理想信念,百折不挠、奋斗不息,为民族独立和人民解放进行了英勇顽强的斗争。陈毅、粟裕等老一辈无产阶级革命家在渤海区留下了光辉的战斗足迹,景晓村、杨国夫、廖容标等在此留下许多传奇故事,黄骅、马耀南、杨忠等牺牲在这片土地上……

渤海区人民始终对党无限忠诚,对人民军队无比热爱,对革命无私奉献。他们用小车推出了革命,用心血养育了革命,用生命保卫了革命,书写了一段党政军民相互依托,同生死、共命运的革命斗争史。党领导人民争取自身利益的艰苦奋斗史,是共产党与人民群众血浓于水的真实写照。渤海区党政军民在革命战争血与火的熔炼中所铸就的"不屈不挠、艰苦奋斗、顾全大局、无私奉献"的渤海老区革命传统,与井冈山精神、延安精神、西柏坡精神等一脉相承,已经深深熔铸于中国共产党人精神谱系。渤海区光荣的革命斗争历程和卓越的历史贡献,成为中国革命史册上的一页光辉。

目　录

一

不忘初心　勇于担当

中国共产党领导下的渤海革命老区富有光荣的革命传统。渤海人民勤劳勇敢、坚韧不拔，爱党爱军、踊跃支前；渤海子弟兵听党指挥、吃苦耐劳，不畏强敌、英勇善战。这里，是中国共产党建党建军活动较早的地区之一，成立了山东最早的农村基层党组织之一寿广支部，建立了中国北方共产党领导的最早的农民武装力量。这里，发动了山东最早的抗日武装起义，建立了巩固的抗日根据地，开创了平原抗战的典范。这里，在解放战争期间剿匪、反特、治黄抢险等，光荣地承担起了华东战场可靠后方的历史重任。无数渤海儿女在长期的革命斗争实践中，坚定了斗争意志，增强了斗争本领，学会了斗争策略，敢于斗争、善于斗争，为民族独立和人民解放事业做出了卓越贡献。

（一）星火初燃

1921 年，中国共产党成立。不久，渤海平原上就有了党的革命活动，山东最早的农村基层党组织之一寿广支部在此诞生。当时，许多先进分子加入中国共产党，学习马克思主义，宣传革命思想，播撒革命火种。他们在严酷的环境下英勇奋斗，虽屡遭挫折，却从未动摇过信念、停止过斗争，始终以不屈不挠的精神顽强拼搏，愈挫愈勇。

1. 星火初燃照寿光

青砖灰瓦的小院，干净整洁。这个不大的院落，就是位于寿光市台头镇张家庄村的张玉山故居，也是山东最早的农村党支部之一寿广支部的诞生地。

中共寿广支部是在党员延伯真的帮助下建立的。延伯真是广饶县延集村人，1923年年底加入中国共产党。张玉山是延伯真在省立一师的同学。1924年春，张玉山、王云生经延伯真介绍，在青岛见到了邓恩铭。4月，二人由延伯真、邓恩铭介绍加入中国社会主义青年团。

邓恩铭对张玉山说，张家庄是他的家乡，对当地情况比较熟悉，可以先在那里开展工作。于是，张玉山、王云生开始以张家庄为基地，在寿光北部和寿光、广饶相邻地区开展革命活动，开办平民学校，组织植树会、抗粮会、互助会等，积极宣传马克思主义，启发群众的阶级觉悟。在

张玉山

3

张玉山和王云生的努力下，当地很快发展了两批青年加入社会主义青年团。由此，寿光成为继青州之后团组织发展最快的地区。到 4 月底，全县已有 15 名团员。

1924 年 8 月，延伯真回家乡广饶开展工作，介绍了同村的延安吉入党，并将张玉山、王云生也转为中共正式党员。三人共同组成中共寿（光）广（饶）小组，张玉山任组长，隶属中共济南地方执行委员会。9 月，经中共济南地方执行委员会批准，在原寿广党小组的基础上，成立寿广党支部（时称支部干事会），张玉山任支部书记，王云生、延安吉任支部委员。

当时，张家庄所在的泜淀区区董（即区长）侯乃宣倚仗权势，搜刮民财，百姓对他恨之入骨。张玉山、王云生等人决定组织一次以抗粮抗捐为主要内容的反对侯乃宣的群众活动。

这年深冬的一天，张玉山等人在彭家道口高等小学召开群众大会。周围各村前来参加大会的代表共有一百七八十人。会上，张玉山和王云生向群众散发了关于侯乃宣贪污罪行的传单，并慷慨陈词，呼吁大家团结起来抗粮抗捐，坚决赶走侯乃宣。很快，侯乃宣的丑闻传遍了整个寿光县，政府也不得不撤销侯乃宣的职务。这是寿光县群众在党的领导下，取得的第一场反抗封建势力的胜利。

1925 年 2 月，由于寿光、广饶两县党员增多，寿广支部在原有基础上建立了以寿光张家庄为中心的寿光支部和以广饶延集为中心的延集村支部。张玉山任寿光支部书记，王云生、李铁梅任委员。

寿光支部建立后，支部委员分头进行活动，发展党、团组织。张玉山到寿光崔家庄双凤小学担任教员。他一边教学，一边对师生进行革命思想教育，积极发展党员。在他的革命思想的熏陶下，全校教职员工革命热情高涨，校内革命气氛非常浓厚，该校成为寿光党组织政治活动中心。1925 年 4 月，王云生到寿光南台头村帮助褚方珍开办平民学校，介绍褚方玉、褚方塘等进步青年加入党组织。7 月，李铁梅到寿光北部南河一带，以行医为掩护发展组织，先后介绍王辅之等小学教员入党。是年冬天，南河党小组建立。

随着党组织的不断发展，党员队伍不断壮大。1926 年 7 月，全县建立了张家庄、双凤小学等 10 多个党支部，党、团员超过 300 人，分布在寿光 60 多个村庄。

8 月，在中共山东执委委员宋伯行的主持下，寿光地执委在张家庄成立，张玉山任书记，李铁梅、褚方珍、马保三、陈章甫为地执委组成人员。接着，在张玉山家召开了第一次执委会。从此，寿光的革命工作就在地执委的统一领导下进入了一个新阶段。

2.《共产党宣言》传广饶

1920 年，《共产党宣言》被译成中文出版。印刷过程中，印刷工人突然发现，书的封面印错了，书名印成了"共党产宣言"。印刷工人准备重印，陈独秀得知后告诉他们，经费非常紧张，不需要重印，第一个中文版本的《共产党宣言》就这样诞生了。

《共产党宣言》初版中译本（左）和再版的翻印本

　　此版本《共产党宣言》的其中一本，由广饶县刘集村的党员代代传承，后于1975年被捐献给了国家。此版本《共产党宣言》目前仅存世12本，而刘集藏本则是中国农村唯一保存下来的。

　　广饶县大王镇刘集村，原本只是鲁北平原一个普通的小村庄。年轻的女共产党员刘雨辉便是刘集村人。1925年，刘雨辉被济南女子职业学校聘为教员。1925年年底，刘雨辉加入了中国共产党。在一次济南党员的集体活动中，刘雨辉结识了同乡党员延伯真、刘子久、李耘生和负责山东党组织机要工作的张葆莐。张葆莐是济南早期党员，时任道生银行济南分行职员。他经常来往于上海、济南之间，便将一本《共产党宣言》带到了济南，并在扉页右下角签盖了朱红印章。不久，张葆莐将盖有印章的这本《共产党宣言》赠送给了刘雨辉。

1926年春节，刘雨辉回刘集村探亲。在一个静静的夜晚，一盏昏黄的油灯下，她把这本精心珍藏着的小册子拿了出来，交给了刘集村党支部书记刘良才。她指着封面上的"大胡子"告诉大家，他叫马格斯（即马克思，陈望道中文译本中的译名），德国人，跟一个叫安格尔斯（即恩格斯）的人一起写了这本书，共产党员都应该读一读他们的书。这会让共产党员明白革命的目的和今后应该走的道路。

刘良才宛如收到了"宝贝"。他惊讶地发现，"大胡子"说的这些话，翻译成朴素的农村语言不就是"带着人民群众过好日子"的意思吗？从1926至1928年，刘良才利用每年冬春农闲时节，举办农民夜校，《共产党宣言》则成了他备课讲课的好材料。刘良才等党员还到邻村宣传革命思想，发展党、团员，马克思主义的革命思想很快在刘集村扎下根并燃遍广饶县。至1927年年底，全县建立农会164处、会员5619人，工会12处、会员520人，还成立了儿童团和农民协会等组织。1928年12月，中共广饶县委成立，刘良才任书记。此时，全县有党员70余人、团员80人。

1928年5月，国民党反动派气焰嚣张，广饶形

刘良才

势益加严峻，上级决定，党的文件和书看后一律销毁。刘良才深知《共产党宣言》的宝贵，便把它秘密藏了起来。1931年2月，山东省委调刘良才到潍县担任中心县委书记，临行前，他把这本《共产党宣言》郑重地转交给刘集党支部委员刘考文。1932年8月博兴暴动失败，广饶党组织也受到严重破坏，刘考文料想到自己有可能被捕，就把这本视为生命的《共产党宣言》交给了忠厚老实、不易引起敌人注意的刘世厚保存。刘考文一再叮嘱刘世厚，就像刘良才叮嘱他一样：这是党的最高纲领，是革命的指路明灯，一定要保存好了！憨厚的刘世厚认真地点了点头，把《共产党宣言》紧紧地抱在怀里，坚定地承诺，只要他在书一定在！不久，刘考文等一批党员被捕。1933年7月，刘良才也因叛徒出卖而被捕，在潍县惨遭杀害。

刘世厚把这本革命先烈用鲜血和生命保护的红色宝书精心收藏起来。他用油纸把它包严实，再装进竹筒里。有时埋在床铺下面，有时藏在屋墙上的雀眼里，有时放在麻雀窝里，一次次躲过敌人的搜查。

抗日战争时期，在地处益寿临广四边地区的刘集一带，斗争更加激烈残酷，日伪军三次"扫荡"刘集村。最严重的一次"扫荡"是在1941年8月，1000多个日伪兵突然包围了刘集村，见人就杀，见房即烧，几十个干部、战士壮烈牺牲，村民惨遭杀害，500多间房屋被大火烧毁。已经逃出村的刘世厚又偷偷潜回村里，硬是从火海中抢救出了这本《共产党宣言》。

1975年，广饶县文管会征集革命文物时，刘世厚依依不舍地将这本保存了40多年的《共产党宣言》捐献给了国家。

3. 饮马暴动响惊雷

"加入贫民会，不纳捐和税！"

"快入贫民会，一辈子不受罪！"

"贫苦农民团结起来，打倒土豪劣绅！"

1928年，军阀混战，物价飞涨，民不聊生。地处胶莱潍河走廊的昌邑县，成为军阀残部溃兵流窜的通道。6月，中共山东省委派共产党员于培绪返回家乡饮马镇领导农民运动。

回乡第二天，于培绪便在饮马镇天齐庙演讲，宣传党的"八七"会议制定的土地革命和武装斗争的方针，号召贫苦农民组织贫民会，打击土豪劣绅，进行抗捐抗税斗争。

8月初，军阀王自成勾结饮马豪绅诈取过兵费数千元，百姓无力缴纳，怨声鼎沸。于培绪认为这是争取和组织群众的好机会，于是他与共产党员黄复兴、黄世伍立即深入贫苦农民中去做工作，组织大家抗缴过兵费。不久，贫民会成立大会召开，当场就有72户农民加入。附近村庄的贫苦农民也纷纷要求入会，与饮马镇相邻的高密、平度、安丘等地的村庄也派代表来饮马请求帮助成立贫民会。一时，贫民会声势日壮，军阀部队不敢过境，抗缴过兵费的斗争取得重大胜利。

10月，中共饮马支部成立。在党的领导下，于培绪、黄复兴等以饮马镇贫民会的青壮年会员为骨干组建了一支200多人的饮马"红枪会"。他们又四处联络，很快将周围杨家楼等村庄的"红枪会"组织起来，成立了有2000余人参加的"联庄会"。于培绪、黄复兴被推举为"联庄会"负责人。

于培绪、黄复兴先是带领队伍袭击了本镇恶霸地主的小衙门天宝堂，焚烧了高利贷账。随后，又袭击了恶霸地主的家丁，缴获了步枪和子弹。接着，围歼了南逃石埠的军阀残余高化青部，歼敌100余人。依附高匪的国民党昌邑县县长齐杞南闻讯，连夜仓皇逃往泰安。

这些行动让于培绪的父亲非常担忧，他千方百计进行阻挠，甚至将于培绪反锁在家中。于培绪便通过家中长工帮忙，从窗口传递信件，发出指示，领导农民运动。后来，其父无法，决定与他断绝父子关系，将他逐出家门。

为了吸收更多的农民参加斗争，于培绪将"贫民会"更名为"农民协会"，并印发布告，散发到附近各村和胶济铁路沿线交通要道。10月底，宣布成立胶东行署农民协会，号召广大农民行动起来，同土豪劣绅和军阀做斗争。

饮马农民武装力量的蓬勃发展，引起了国民党反动派的惊恐。12月24日，国民党昌邑县党部负责人于观成勾结军阀黄凤岐部王路全团来到饮马，见"红枪会"有所防备，便诈称借道去北孟，麻痹了部分会员。次日凌晨，又突杀回马枪，偷袭饮马，于培绪、黄复兴不幸被捕，被押到昌邑城后，于当晚10时许被杀害，饮马暴动失败。

饮马暴动虽然失败了，但沉重打击了国民党地方政权和封建军阀的统治，它播下的革命火种、提供的经验教训，为后来昌潍地区党组织的发展、革命武装的建立和革命根据地的开辟打下了坚实的基础。

4. 博兴暴动破夜寒

博兴县党的工作有成绩，是中共中央在给共产国际报告大纲中的工作汇报提到的。这说明博兴县党的工作引起了山东省委和中共中央的重视。这也是震动齐鲁的"八四"暴动得以发生的组织基础。

1930年，老家是博兴县吕艺镇高渡村的张静源回到家乡发展党员，并于1931年建立中共博兴特支。1932年2月，博兴县第一个农村党支部——中共高家渡支部成立。3月，中共博兴县委建立，张复生（又名张仿）任县委书记。到7月底，全县共建立党支部27个，党员迅速发展到210名，占到了全省党员人数的六分之一。此时的博兴县是全省党员人数最多、各项工作进展最快、革命形势最好的一个县。

1932年7月15日，根据中共临时中央的会议精神，省委通过关于"八一反帝战争日"的决议，决议提出，坚决发动鲁东、鲁南的游击战争，以粉碎帝国主义国民党的统治，发展革命的民族战争，完全驱逐帝国主义出境。决议要求各地党部应认为山东游击战争的发动是今天的任务，是真正拥护红军苏维埃最迫切的工作之一。为了这一工作的开展与完成，各地党部应急速发展农民、灾民、士兵的斗争，以帮助游击战争的发动与发展。省委决定，将当时党的工作比较活跃的博兴、益都两县作为创造山东新苏区的暴动重点。两县同时暴动之后，将起义队伍拉进淄河流域山区会合，创建山东鲁中新苏区。

随后，山东省军委书记张鸿礼来到博兴县高渡村，召开了第一次县委会议，确定了此次暴动的时间为8月4日，并组织成立了中共博兴县委临时行动委员会，具体指挥暴动。8月3日晚上又对暴动做出具体安排，决定分别在兴福镇、高渡村举行武装暴动。

8月4日晚上，轰轰烈烈的博兴农民暴动开始了。

这天傍晚，博兴城区的柳志明等人悄悄切断了博城通往准备暴动地区的电话线路，封锁了消息。早早潜入兴福联庄会的中共博兴县委军事部长马千里天刚黑就带领兴福镇联庄会的士兵，打开寨门，接进王星九、郑致祥等集结的暴动农民，未动一枪，顺利地收缴了兴福联庄会的全部枪支弹药，率领联庄会宣布起义。接着，暴动队伍从联庄会的后门出去，直奔国民党县民团大队杀去。经过两个小时的激烈战斗，消灭全部敌人。暴动队伍当天就在兴福镇召开了群众大会，举起了鲁东革命军

博兴"八四"暴动地点之一兴福联庄会旧址

第一支队的旗帜，接着革命队伍四处张贴告人民群众书，批斗土豪劣绅，没收地主的土地和粮食，烧毁地主的地契和借贷文书。

与此同时，县委书记张复生领导的由高家渡等村的党员和村民组成的暴动队伍，向驻守龙河镇的六区联庄会进军。在内线的配合下暴动队伍立即冲入敌人驻地，打了他们一个措手不及，没反应过来的敌军缴械投降。

博兴"八四"武装暴动后，暴动队伍势如破竹地向全县发展，8月中旬，建立了一支700多人的革命大军，拥有步枪300多支，冲锋枪5支，手榴弹100多枚，子弹数千发，活动范围也从博兴发展到临淄、广饶边境。

轰轰烈烈的革命运动，让国民党地方官吏和地主豪绅大为惊慌。8月7日，国民党山东省政府主席韩复榘闻讯，立即派驻守周村的二十九师副师长许文耀率领近千名士兵，昼夜行军赶到博兴县镇压革命队伍。8月8日凌晨，许文耀率部赶到博兴，暴动队伍被迫化整为零。

轰轰烈烈的博兴"八四"农民暴动虽然震慑了国民党，但是也给党的工作造成了重大损失，牺牲了大批党员和革命群众。据不完全统计，暴动失败后，李天佑、张秀生、张寿桐等30余人惨遭杀害。由于遭受敌人通缉，张复生、王星九、马千里、李景房、蔡秉虔等一批共产党员被迫外逃，在博兴的共产党员也大多停止了活动。中共博兴县委瘫痪，多数党员与党组织失去联系。

5. 郑母暴动播火种

1932 年，中共山东省委军委书记张鸿礼多次到益都，传达省委指示，要求益都县委做好准备，在青纱帐起时，举行武装暴动。6 月，张鸿礼再次来到益都，成立行动委员会，部署暴动工作。

8 月 14 日，益都县委举行会议，决定在群众基础好的一区、十区（郑母）同时举行暴动，攻取国民党民团武装，占领区公所，开展游击战争，建立苏维埃政权。

会后，暴动总指挥郑心亭到郑母镇小学，同郑母区委书记冀虎臣召集区委负责人程心田、陈佃治和郑母村党支部书记常德俊开会，研究和检查暴动准备工作。17 日夜，冀虎臣在郑母义隆福药铺召开会议，向各村党支部传达暴动计划，具体布置攻占区公所的行动方案。

18 日拂晓，郑母、崇家庄、吉林、宫家庄、山前李、王家庄、国王庄、丁夏许、刘家庄、山前石、北寨、状元桥等十几个村庄的近百人参加了暴动。按事前部署，各村参加暴动的群众队伍由本村出发，早 8 时前在区公所驻地朱家庄附近集结。冀虎臣、程心田、赵焕礼率崇学闵、崇学圣等队员，于 7 时前到达区公所。因冀、程、赵与区公所助理员贾希尧、民团二分队队长张官云是同学关系，时有往来，门岗未加阻拦，一行人顺利进入区公所。崇学闵等人潜伏在区公所外。

与此同时，吉林村党支部书记赵文光率党员赵竹林、赵桐琴、赵维干直奔驻郑母村的国民党民团三分队队部，趁天未亮，同中共地下党员、国民党民团三分队队长陈佃治里应外合，闯入三分队队部，逼迫团丁缴械。为了不暴露陈佃治的身份，按事先约定，假装将陈佃治捆绑劫持。赵文光等人缴获11支钢枪、1把手枪。然后，带着武器赶赴主战场——区公所。崇家庄一路党员、群众，为了能顺利接近区公所，使用苦肉计，把崇学光绑了，佯装往区公所扭送偷高粱的小偷，到达区公所门口等候。当时，区公所只有贾希尧和张官云二人当班，区长不在。冀、程、赵先是对贾希尧、张官云进行劝降，没想到二人坚决不从。冀虎臣见劝降不成，果断开枪将贾希尧、张官云二人击毙。等在门外的崇学阆、崇学胜等起义群众听到枪声，夺门而入，崇学胜振臂高呼口号。暴动队员们冲进院内与团丁展开了激烈战斗。

由于计划不周，起义群众多用大刀、长矛，只有少数钢枪，势单力薄、寡不敌众。而且，起义群众未经军事训练，部分群众和部分带枪械人员未能及时到达指定地点，战斗逐渐失利，冀、程、赵三人见势不妙，越窗而出，崇学俭由于腿部受伤，当场被俘，起义队伍被迫撤出战斗。

撤出战斗后，冀虎臣在吉林村南太平山集合起义队伍，清点人数，只剩下28人，决定西去县城援助一区的起义，并设法与县委联系。于是西渡弥河，绕道闵家庄，到达劈山东面的磨盘山上。在这里，打听到国民党第三路军七十四师进驻益都，县城因大军压境，未按计划暴动，在县城戒备森严的情况下，他们没有与县委取得联系。19日下午，又返回太平山，这时候只剩下十几个人了。

这一天，国民党县民团和军警数百人对起义群众开始进行血腥镇压。在四面受敌无周旋余地的情况下，为避免无谓牺牲，保存力量，暴动队员各自分散转移。

这次暴动失败，益都党组织遭到了严重破坏。国民党在对十区暴动群众进行残酷镇压的同时，在全县范围内对共产党进行大逮捕。国民党省党部捕共队长王用章在暴动的第二天，即到益都坐镇指挥。被捕的党员有郑心亭、潘有年、牛玉昌、张立本、章欣孚、李品一、李殿龙、乙洪志、高云祥、哈致和、赵殿臣、魏天民、温学厚、耿贞元、王经奎、王作雨和铎楼庙的一个道士党员，还有互济会成员孙道中，共 20 多人。在崔家碾教学的段亦民、汤佩琛夫妇也因叛徒告密而遭逮捕。被捕的共产党员和暴动中受牵连的群众，经审讯后，27 人于 8 月 29 日被押到济南。不久，耿贞元等 14 人被以暴动罪名杀害。

6. 马颊河畔卷怒涛

1934 年春，在中共津南特委的指导下，中共庆云县委发动和领导了有 2 万多民工参加的马颊河罢工斗争。这次罢工，人员之多、规模之大、影响之深，在冀鲁平原上是空前的。

马颊河大部在山东境内，只有流经庆云的约 30 里长的河段在河北省境内。1933 年，为了疏通整个河道，经与河北省协商，国民党山东省政府主席韩复榘向庆云拨治河款 3 万元。没想到，庆云当局不仅贪污了治河款，庆云县县长傅奎升更是在 1934

年春发布命令，要求在全县就地筹款：奉省令，疏浚马颊河道，所需费用就地筹款，每亩加捐一元，限期完成，违抗者严惩不贷。

布告下达后农民拒不上河，庆云县警察局便派出警察四处抓人。特别是板营警察分局局长孙长荣，见到干活的农民就撵去上工，不去就用皮鞭抽，加以威胁。这时，以中共一区区委书记胡林晓为首的共产党员们挺身而出，发动群众，决心罢河工。马刘庄、龙王庙、孙良广、徐波罗、杨家、耿家等10多个村庄很快成立起罢河工后援会。与此同时，他们向中共津南特委负责人刘格平、县委书记胡恒熙反映了群众的要求。中共庆云县委在刘格平的领导下，坚决支持全县人民的罢河工、抗暴政斗争。

1934年4月15日夜，中共庆云县委在西安务村召开会议，决定4月18日在北林庙会揭发国民党敲诈勒索加捐敛财的罪行。抗河工筹备会还用鸡毛信联络和发动群众，定于农历三月初五日在北林庙会召开全县罢河大会，每家派一人参加，风雨无阻，并请大家再写十张传出去。

鸡毛信很快传遍全县，反动当局慌忙进行镇压。4月17日晚张笃骞在板营村被捕，18日拂晓胡恒熙在龙王庙被捕。18日早上，早已得到消息的民团头子胡振国带了100多人包围了北林庙会会

刘格平

17

场。胡振国气势汹汹地跳上庙会的戏台说不准开会，不准捣乱。刘格平一打手势，几名党员一拥而上，打倒了胡振国，他的手下也被群众缴了枪。刘格平登上戏台，慷慨陈词，高喊道：乡亲们，反动官府为了逼他们挑河，把胡恒熙、张笃骞抓走了，他们是为了抗河工被捕的，能眼看着不管吗？现在就去请愿、去保人好不好？台下群众立即响应，共产党员、积极分子冲在前面，沿途不断有群众加入，浩浩荡荡直奔县城，到县城时已超过 2 万人。

请愿队伍用木杠撬、膀子扛，挤开城门，直奔县衙。县长傅奎升吓得慌忙派人开狱放人，被迫签字画押：马颊河疏浚工程浩大，人民生活贫困，无力负担，准予不挑，立此为据。傅奎升当众宣布，河工不叫老百姓挑了，他负责向上呈报。顿时，人群沸腾了。他们高呼着"打倒贪官污吏"的口号，在城内游行。

4 月 19 日，胡恒熙带领罢工群众 4 万余人，由板营到马颊河工地游行。游行队伍包围了板营警察局，收缴了 30 多支枪，并将藏在房顶的伪警察局局长孙长荣一顿暴打。板营镇区长吓坏了，只好立下字据：孙长荣因手段凶狠残暴引起群众公愤被打伤，生死与群众无关。当晚，刘格平、胡恒熙在庆云城北马刘家召开会议，决定借机于 4 月 20 日在严家务大集上举行武装暴动。

4 月 20 日早晨，就在大家在严家务大集上散发红旗、红袖章时，西南方向突然传来密集的枪声。原来，国民党县政府的警察和从沧州赶来的骑兵包抄了上来。刘格平等立即组织疏散群众。撤离中，刘格平一根手指被打掉，胡林晓左臂被打穿，杨德然头部被打破。刘格平、胡恒熙、胡林晓、杨德然、胡泮河、张云峰、刘全禄、刘子享等8名共产党员和刘全政、张维保、张文元、王永香等9名进步群众被捕，后被关进了庆云县监狱。至此，震惊全国的马颊河武装暴动宣告失败。

罢河工斗争是中国共产党在津南地区领导的一次大规模农民运动，虽然失败了，但沉重打击了国民党反动当局的统治，扩大了共产党的影响，体现了共产党人勇于担当、勇于牺牲的英雄气概。

（二）浴血抗战

1937年7月7日，日本侵略军制造了震惊中外的卢沟桥事变，发动了全面侵华战争。渤海区的中共党组织，高举抗日民族统一战线旗帜，广泛发动抗日武装起义，深入动员群众，同心同德，艰苦奋斗，坚持平原游击战争，同日伪军及国民党顽固派进行了艰苦卓绝的斗争，将渤海区建设成为牢不可破的敌后抗日根据地，为抗日战争的最后胜利做出了重大贡献。

1. 打响山东抗日武装第一枪

流坡坞镇，位于阳信县城西约30里处，是个历史悠久、繁荣昌盛的重要集镇，因地处惠民至沧州和沾化至德州官道的交叉点，地理位置十分重要。山东打响抗日战争第一枪的地方，就在这个镇的流坡坞村。

1936年，乡农学校在山东大力推行，中共山东省委决定，应尽力向乡农学校、民团等派人，借以抓枪，进而控制乡农学校。阳信县的乡农学校创办于1936年冬，在组建和训练的过程中，党组织安排了一大批共产党员、"民先"队员和进步青年到各乡农学校任职或学习，秘密开展党的宣传教育活动，宣传党的抗日救国主张。

1936年年底，进步青年李健、王道和、薛汉三、刘毅民等来到阳信，分别担任流坡坞、洋湖、劳店等地的乡农学校的校长，积极开展党的工作，扩招壮丁，并对其进行训练，这为日后建立一支抗日武装打下了坚实的组织基础。

1937年11月10日，南侵日军由庆云县境内渡过马颊河纪王桥，驻扎在流坡坞以北三四里的地方，准备次日南下侵

流坡坞残存的一段土墙

犯惠民县城。

根据敌情，阳信县党支部于当晚研究了阻击日军的作战方案。第一，组织群众破坏公路，设置路障，且把北门用木头、碎砖堵死。第二，冯鼎平、李健任指挥，率领流坡坞乡农学校的自卫队员在流坡坞北大门的村围子墙上提前设伏。第三，动员当地的国民党保安营及县长张云川率领的警备队共同抵抗日军，并由其负责其他村围子门的守卫。第四，王道和率领洋湖乡农校自卫队埋伏在流坡坞西张洼头村，沿村向南埋伏到张储雷家的坟地里，以大坟头为掩护，从侧翼打击日军，支援流坡坞的正面伏击。

11日拂晓，一支约400人的日军队伍在飞机和装甲车的掩护下，气势汹汹地向流坡坞逼来。流坡坞村横跨南北大路，是日军南侵惠民的必经之地。眼看日军已经进入伏击圈，已做好战斗准备的自卫队员，听到冯鼎平的命令后，果断开枪，射向日军。由此打响了鲁北人民武装抗击日军的第一枪。

这时，埋伏在张洼头村的第六乡农校自卫队员在王道和、薛汉三的率领下，积极配合作战，出其不意地向日军展开攻击，他们用"湖北造""老套筒"等步枪打了日军一个措手不及。日军万万没想到在这僻野小村竟会受到中国抗日武装的伏击，晕头转向地挨了一阵打之后，才气急败坏地进行反击。

日军一面命令飞机在流坡坞上空狂轰滥炸，一面命令装甲车开足马力清除路障，用装甲车撞北门。由于准备充分，人们不但用粗重的梁木牢牢顶住门，还运来粪土堵在后面，因此北门始终没有被攻破。

日军指挥官见状，急令日军绕道去攻北斜大门。北斜大门由国民党保安营、警卫队防守。在装甲车的撞击和飞机的轰炸下，北斜大门失守，日军经北斜大门进入了流坡坞村。国民党保安营、警卫队随之四散溃逃。

共产党领导的两处乡农校自卫队员 200 余人挥动长枪、大刀、土枪、土炮奋勇杀敌，与日军展开了巷战。双方对峙了大半个小时。因武器落后、寡不敌众，乡农校自卫队队员最终主动转移，前往预定会合点八里泊集结。

八里泊地处商河、阳信、惠民三县交界，便于隐蔽。大家转移后在八里泊召开紧急会议。会议决定一部分党员带领乡农自卫队继续坚持敌后游击战争，另一部分南渡黄河，开辟新的抗日游击战场。由此，山东抗日烽火以星火燎原之势席卷齐鲁大地。

2. 黑铁山上红旗扬

"我们的队伍发源在黑铁山西，红旗飘扬在山顶上，我们心里老是想着她……"这首由姚仲明作词的《黑铁山起义歌》当年响彻鲁中平原。黑铁山位于淄博地区原长山、桓台、临淄三县边界。黑铁山起义是以长山中学为基地组织发动起来的。

七七事变后，中共山东省委派林一山去胶东执行任务，并指示他路过长山县时，利用旧交关系，看望和争取长山中学校长、爱国进步人士马耀南（后加入共产党）。马耀南早年就读于天津北洋大学，是天津学生会的领袖，在北伐战争前参加了国民党。他曾参加国民党第三次全国代表大会，是国民党在天津市有影响的人物。蒋介石叛变革命后，马耀南因参加倒蒋运动被开除国民党党籍并遭通缉。政治上找不到出路，他转而走教育救国之路。他从天津回到家乡任长山中学校长，在长山县颇有威望。林一山向马耀南介绍共产党的抗日主张，建议他依靠"民先"发动武装。

林一山离开前介绍马耀南去济南找"民先"山东省队部的负责人孙陶林，请他推荐人到长山。送别林一山，马耀南立即赶往济南找到孙陶林说明来意，要求派人到长山中学开展抗日救亡工作。山东省委收到孙陶林的汇报后，决定派出狱不久的姚仲明去长山。1937年11月，山东省委书记黎玉向姚仲明传达了省委的指示，决定派他到长山中学去，以国文教员的身份为掩护，以长山中学为据点，组织武装起义，开辟黑铁山地区的抗日武装斗争。此外，要求他争取团结马耀南和长山中学的学生留在敌后，参加抗战，反对国民党教育厅让中学一律南迁的命令。

到长山中学后，姚仲明和马耀南展开了一系列活动。首先，对教学内容进行了调整，增加了抗日救国方面知识；其次，把学生编成几个宣传队，每日上午在校上课，下午分赴农村各地宣传抗日；最后，与县委机关和各界的抗日分子取得联系，团结回到长山、邹平、桓台等地的学生，扩大抗日力量。不久，山东省委又派出刚从延安来山东的红军团长廖容标和原中共鲁北特委负责人赵明新来到长山中学协助姚仲明，并决定由他们三人组成党小组，姚仲明任组长。

为更好地争取和团结全校师生，加速武装起义的准备，在马耀南的支持下，学校成立了教学研究会。他们邀请全校老师到校长办公室，由姚仲明、廖容标、赵明新有计划地宣讲共产党的《抗日救国十大纲领》和抗日民族统一战线政策，介绍共产党的政治主张和全国军民当前的任务，研究如何发动群众，开展敌后游击战争等问题，逐步统一大家的思想。在此基础上，他们又适时把工作重点扩大到全校学生，组织学生分赴农村开展抗日宣传。他们还创办报纸以加强抗日宣传。赵明新、地下党员周次温还奔赴长山、桓台、临淄三县交界的黑铁山附近开展工作，筹备武装起义。

这时，山东省委派杨涤生来到长山中学。杨涤生向廖容标、姚仲明等人传达了党中央和北方局关于在山东发动和组织人民抗战的指示，以及山东省委关于武装起义的准备、时机、武器筹集办法、部队初期的番号、给养来源等方面的具体意见。并特别告诉他们山东省委的具体意见是从冀鲁边和鲁西北的斗争实践中总结出来的。廖容标和姚仲明听了杨涤生的传达和介绍，受到很大鼓舞，表示要加紧工作，努力做好武装起义前的各项准备工作。为了培养抗日武装骨干，党小组召开会议，决定对外以"民众夜校"的名义办培训班，选派附近的党员和"民先"队员参加，长山中学真正成了培养抗日骨干的学校。训练班圆满结束后，三人党小组要求，所有学员回到自己的家乡，立即放手宣传抗日，抓紧时间组织抗日群众并调查和搜集枪支，为建立抗日队伍做准备。

1937 年 12 月 24 日，日军飞机轰炸长山县城，国民党政府官员纷纷逃跑，长山面临陷落。党小组召开紧急会议，根据山东省委关于分区发动抗日武装起义的指示，决定发动武装起义。此时，日军已逼近长山。姚仲明等人立即召开在校师生动员大会。姚仲明在会上大声说，他们要到黑铁山去，拉队伍打日本，愿意跟着走的现在马上走，年龄小的回家，什么时间想参加游击队就到黑铁山去找他们。经过挑选，60多名师生自愿随学校立即转移。当天傍晚，60多名身穿长衫的师生（人称"大褂子队"）离开长山县城，在姚仲明、廖容标的率领下，向黑铁山进军。

25日清晨，廖容标和姚仲明带领"大褂子队"来到黑铁山下的太平庄，与先期来此筹备武装起义的赵明新、周次温等人会合。地下党员孙焕文、张辑光、张冲凌，以及游击干部训练班的骨干分子，带着他们事先联络好的人员也赶来参加起义。至此，参加武装起义的人员已有100多人。12月26日，参加起义的人员在黑铁山太平庄举行了抗日武装起义仪式。姚仲明按照山东省委的决定，宣布山东人民抗日救国军第五军成立。会议宣读了敬告同胞书，并宣布廖容标任司令，姚仲明任政委，赵明新任政治部主任。马耀南因为当时负责组织人员筹备起义所需粮款和枪支弹药，几天以后才赶到黑铁山加入起义队伍。在马耀南到达黑铁山后，临时行动委员

姚仲明

会成立，由马耀南任主任，姚仲明为副主任，廖容标、赵明新为委员，一切行动由该委员会商定。与此同时，随国民党军一起南撤，处境艰难的原国民党长山县大队的大队长张殿臣，也全体携械投奔而来，部队合编为抗日游击大队。这期间，许多"民先"队员和爱国青年相继到黑铁山参军，不到 10 天就组成了 6 个中队。

1938 年 7 月，山东人民抗日救国军第五军改为八路军山东人民抗日游击第三支队，这支抗日武装为抗击日本帝国主义的侵略建立了不朽功勋。

3. 小清河歼敌艇

发生于 1938 年 1 月 19 日的小清河伏击战虽不是一场大战，但是武装抗日的意义十分深远。它是长山一带抗日武装力量向日本侵略者打响的第一枪，极大鼓舞了小清河两岸军民，提升了军民的抗日热情。

1937 年七七事变后，日本侵略者进军山东，占领了济南。作为省内重要的内河航道，小清河成为日军重要的后方运输通道，一批批战略物资从渤海湾羊角沟上岸，沿小清河运往济南。

廖容标和姚仲明所带领的山东人民抗日救国军第五军第三中队得到这个情报后，当夜便来到小清河边上的韩家套村宿营。次日，韩子衡、廖容标、李寿龄等几位负责同志到河边看地形，选择伏击的地点。由于小清河河道较直，他们就把伏击地点选在了安家庄村北。那里的河道微微弯了一下，且两岸有芦苇，便于隐蔽。

1938年1月19日拂晓前，廖容标带领40多名战士出发了。韩子衡带领五六名武装农民和几个便衣短枪侦察员，先去河北岸策应。姚仲明和李寿龄同志留在韩家套，筹备给养。

正是腊月天气，寒风刺骨，廖容标和战士们伏在冰冷的地上静待着敌艇的到来。他们等呀等，从半夜到天亮，到太阳升得老高，河面上仍然不见一点动静。到了上午10点多钟，负责侦察的战士看见西边老远处有一桅杆沿河道向东而来，他轻声说句"来了"。廖容标急忙摆手，要大家埋伏好，不要叫喊。

不一会儿，"桅杆"近了，原来是两艘当地百姓的帆船。船工上岸后才得知是五军的人在这里打日军。一个老船工热情地告诉他们，日军汽船跑得快，他们在岸上拿步枪打不着。不过，可以把船拦成拦河坝。说着，那几个船工主动把两条船横在河中间形成了一道屏障。

小清河伏击战地点

午后，突然听到不远处传来了马达声，船工们一听就知道这是日军的汽船。因为多是新战士，廖容标一再强调，听他指挥，他的枪一响，大家瞄准射击，枪不响，大家沉着隐蔽。

　　日军汽船大模大样地往前航行，突然发现前面河里横着两条帆船，便一面减速，一面叫嚷着要帆船让路。见船上没有动静，汽船里一连钻出五六个日兵，想看看是啥情况。这时，廖容标抓住时机，砰的一枪，一个日兵中枪摔进河里去了。队长的枪一响，战士们的枪立即响应。这几个日兵一下子蒙了，还没来得及跑进舱里，就被打倒在甲板上。

　　这时，廖容标喊了一声"投弹"，手榴弹纷纷向汽船上飞去。有一枚正好飞进驾驶室的窗子，紧接着一声闷响，窗子里冒出一团烟雾，船身像陀螺似的在河心直打圈。舱里的日军吓坏了，有两个抱着枪，从舱里钻出来跳进河里，向北岸游去。这两个日兵还没上岸，就被战士们打伤了一个。负了伤的日兵紧跟着另一个日兵拼命地向北跑。部队的侦察员和韩子衡带领的武装农民埋伏在河北岸几个村庄里，大喊"捉活的"。离岸不远的曹陈家庄的农民听到喊声，提起大刀、长矛、锄头、铁叉，迎头赶上来，把两个日兵逮住。廖容标这边，连着把另外两个跳水的日兵打死在河里。为了避免不必要的伤亡，又派人到安家庄借来大炮。这一带联庄会，都有这种大炮，炮口的直径三寸上下，膛内一次能装好几斤火药和升把铁砂，命中面宽，杀伤力猛。只听得几声巨响，一大团黑烟升起，正中敌船。看到敌船再无任何动静，廖容标才带着几个战士撑着帆船靠到汽船上，只见敌军横七竖八地死在船上，其中有个身穿细呢子军服，应是军官。

后来从敌伪报纸上得知，被五军歼灭的日兵中，竟有一个联队长和一个高级参谋。他们刚在济南参加完一个军事会议，在返回羊角沟途中，遭到了五军的伏击。

4. 沙窝突围

惠民城西南约 50 里处，有个沙窝村。村北头那略高的土岗上屹立着一座"沙窝战斗烈士纪念墓"。它告诉人们，这里埋葬着 28 名抗日战士的尸骨，记载着一个传奇的抗日战斗故事。

1940 年 2 月 10 日晚 11 时，八路军东进抗日挺进纵队政治部除奸部长匡根山，率挺进纵队五支队二营、商河支队和商河县政府机关人员 700 余人，来到沙窝、翟家一带村庄驻扎。

这天晚上，天特别黑，特别冷。

"汪、汪……"一阵犬吠声打破了深夜的寂静。"有情况！"匡部长与同室的二营营长齐丁根、教导员江立祯一骨碌从炕上爬起来，异口同声地说。

齐营长刚要出门看看啥情况，房门咣啷一声开了，侦察员急匆匆冲进屋里，报告说，东面有敌人。接着，西、南、北面的侦察员也相继报告：郑路村方向有日伪军的几十辆汽车赶来，北面也有几百日伪军骑兵围了上来。

原来，两天前这支部队曾在济阳县陈、罗两村一带伏击了一辆日军汽车，消灭了一个由 40 余个日兵组成的阅兵团。驻

沙窝战斗烈士纪念墓

惠民城日军便纠集惠民、济阳、商河日伪军3000余人，分乘50余辆卡车、4辆坦克，合围沙窝一带。

情况危急！匡部长、齐营长、江教导员立即召集各连连长召开紧急会议。匡部长部署说，为了减少损失，必须马上将地方人员和伤病员转移出去，这样就需要有一小分队佯装突围，钳制敌人。话音刚落，旁边的七连连长王功湖向前跨了一步说，匡部长，这个任务交给他们吧，他们熟悉这一带情况，一定能完成任务。

临危受命的王功湖连长带领战士很快赶到沙窝村东头。不一会儿，村东头响起了激烈的枪声和喊杀声，敌军以为是八路军主力部队，便集中兵力向村东阻击。

此刻，匡部长、商河县县长王权五正指挥县政府人员和伤病员悄悄转移。过了不久，敌人发现上当了，但为时已晚。敌军摸不清八路军虚实，一时不敢妄动，企图待天亮后伺机报复。

第二天，天亮了。敌人发出了进攻的信号，接着，炮弹呼啸着向村里倾泻。一阵炮火后，敌人向村子扑来，60米、50米……敌人离围墙只有20来米了。齐营长高喊一声"打"，我军机枪、步枪一齐开火。不一会儿，敌人丢下几十具尸体退走了。

敌人又接连发起冲锋，都被击退了。

下午1时，侦察员报告，济南、德州等地的日军陆续赶到。敌人这次使出新招数：前面由坦克和汽车开道，车上架着机枪，从村东北扫射着猛扑过来。

眼看情况危急，班长刘瑞林对身边的谭士杰、弭文贵喊道，"跟我来"。三人冒着弹雨，爬上院墙，瞅准最前面的那辆汽车后掷出手榴弹，一颗手榴弹正中驾驶室，车上的敌人血肉横飞。不多久，第二、第三、第四辆汽车也被炸坏了。他们英勇地扑向第五辆汽车时，不幸中枪身亡。

渐渐地，天色暗了下来。不善夜战的日军不得不撤到村外，然后燃起一个个火堆，坐在旁边取暖休息。

午夜，一支由30多人组成的"日军巡逻队"向着烤火的敌人迎面走去。伪军见是自家军队，赶忙敬礼。事实上，这些日本军官是挺进纵队五支队懂日语的人员假扮的，他们带着队伍顺利地突出了重围。

剩下的30多名指战员在齐营长、江教导员和王连长的带领下也开始突围。村西南角有两所宅院紧靠着土围子，围墙与宅院间有几棵一两搂粗的大树，便于隐蔽。战士们搭起人梯爬过了围墙，只几分钟工夫，所有战士都消失在茫茫夜色里。

沙窝村一战，消灭了 300 多个敌人，可谓平原突围战的奇迹。

5. 血战东王文

泥土路，土坯房，断壁残墙……这是滨州博兴县纯化镇东王文村。村子里的路从外面看都是堵死的，其实里面是通着的，像好几条辘轳把套在一起，所以又叫"辘轳把胡同"。在这个不起眼的鲁北小村里，清河区八路军打响了开辟小清河以北地区的第一枪。

1940 年 2 月底，八路军山东纵队第三支队根据山东纵队的指示，后方司令部挺进到小清河以北地区，准备在此开辟抗日根据地。3 月 1 日晚上，部队冒着凛冽的寒风进驻博兴县东王文村。

3 月 3 日凌晨，利津、博兴、广饶的日伪军 500 多人分五路向东王文村奔袭包围。特务连三排掩护司令部机关向西北突围脱险。连指导员朱志明率一、二排 70 余名八路军战士善后掩护，未及撤退便被包围在东王文村。一场血战即将开始。

情况紧急，朱志明做了简短动员，部队立刻行动，抢占有利地形。

很快，日伪军从东北面扑了上来。日伪军越来越近，只有几十米了，副连长丁连荣大喊一声"打"，喊杀声、枪弹声立

东王文村

刻响成一片，日伪军开始溃退。

不一会儿，敌军指挥官糟谷指挥发起第二次攻击，又被击溃。时至中午，特务连在乡亲们的支援下已连续击退日伪军 7 次进攻。

过了中午，日伪军休整后，发动了更疯狂的进攻。

东王文村北面有大片坟地，离村有 200 多米。糟谷选中这里做他的战斗指挥所，从这里发动了他们的总攻。

轻重机枪、掷弹筒，还有一门小钢炮一齐开火，八路军刚刚构筑的工事大部分被摧毁。日伪军吼叫着从村东北方冲上来，最终冲进了村子，用机枪封锁了主要街道，并分数股四下冲击，把村内的八路军分割成七八处。战士们虽身陷危境，仍充分利用村内的复杂地形，与敌巷战。

一排三班的 5 名战士被包围在村西边的一个四合院里，战士小赵为掩护房东大娘牺牲了。大力士小王站在房顶边射击边投弹，很快打倒了六七个敌人。突然，一颗子弹打中了他的右脚，一颗子弹又打中了他的左臂，鲜血直流。坚守在东房顶的杨子义副排长，赶紧爬过来。但小王强忍疼痛，继续向敌人射击，不幸被敌人的子弹击中头部，壮烈牺牲。房东大爷跑到杨副排长面前，劝他不用管他们了，快撤吧。

杨子义激动地说，有老百姓在，他们宁死不辙。闻听此言，这个爱打兔子的老房东，一把抓起小王留下的大枪，大声说，那要活就活在一起，要死就死在一块吧！

与此同时，其他院子的战士也都进行了顽强的抵抗。一排长赵子章与20多名战士被包围在一个院子里。赵排长心想：老这样子孤军坚守，太危险了，不如一鼓作气，杀出去。于是一马当先，带领战士们冲出院子，杀开一条血路。

指导员朱志明和副连长丁连荣及几名战士也端着上了刺锥的步枪冲出了院子。两路会合后立即向四处冲杀。他们从村西杀到村东，从前街杀到后街。日伪军被他们冲得东一撮西一伙，一个个拼命向村外逃去。趁敌混乱之时，朱志明指挥部队又重新占领了几处有利地形。

天近黄昏，日军指挥官糟谷看着自己伤亡惨重、士气低落的部队，又怕天黑遭八路军援兵袭击，只得抬着70多具尸体狼狈退走。

一场血战结束了，特务连21名指战员牺牲。八路军70勇士浴血奋战东王文的事迹很快传遍了小清河两岸。这一战打出了八路军以少胜多、近战、巷战、军民团结战斗的成功典范。

6. 刘家井大捷

邹平县魏桥镇刘家井是一个由 100 多户人家组成的小村庄。为了防御匪患，村子建起了四五米高的围子墙，墙的外边有一条三四米宽的围子沟，在墙的四角还筑有五子炮的炮台。

1939 年 5 月下旬，八路军山东纵队第三支队司令员马耀南、副司令员杨国夫、清河特委书记景晓村等，率领三支队在刘家井一带集结，支队司令部进驻刘家井村。

日军探知三支队的司令部就在刘家井，千方百计要把刘家井拿下。日军少将松本调集济南等地的日伪军 5000 余人，汽车 100 余辆，在骑兵、炮兵的支援下，向刘家井赶来。支队首长马耀南、杨国夫、景晓村等人决定就地反击，粉碎敌人进攻，并决定由杨国夫副司令员全面指挥这次战斗。

杨国夫调动十团特务连在北边围墙防守，把迫击炮阵地设在村东北那片坟地里，调特务团一、三连在东边围墙防守，警卫营的一部分在南边围墙上防守。在围墙四角的炮台上安放了 8 门五子炮，由修械所所长吕夫禄指挥。同时还布置少量部队控制西门外通道，以备必要时撤退。

6 月 6 日一早，日伪军先是攻占了马庄。上午 7 时，日军直奔刘家井而来。杨副司令员看到日军队形密集，决定先用"铁扫帚"横扫。等敌人一靠近，8 门五子炮一齐开火，炸得敌人死伤无数。

日军仗着人员和武器的优势，再次组织冲锋。战士们越打

刘家井烈士陵园

越勇。吕夫禄索性脱掉上衣，光着膀子，扛着五子炮打几炮换一个地方。连长王得水依靠工事，沉着指挥，接连打退日军的进攻，打坏敌人汽车。他身负重伤后，仍坚持指挥，最后因失血过多，英勇地牺牲在阵地上。

下午2点，日军集中了四五门山炮，轮番向我阵地炮轰，接着又用山炮轰击围子墙，终于轰开了一个缺口，日军一窝蜂地涌了上来。杨副司令一声令下，班长赵延庆带领全班战士冲了上去，与日军展开了一场肉搏战。战士李德福被日本兵压在身下，腾出一只手，打开了身后的手榴弹，与敌人同归于尽。

大规模冲锋不行，日军又组织小规模的轮番进攻。杨副司令一面组织军民修复阵地，一面组织"神枪手"专打日军的指挥官和机枪手。一连指导员孙化利沉着应战，瞄准一个打一个，弹不虚发，一人击毙18个日兵。日军的井口司令在此也挂了彩。

36

日军攻了大半天，损失兵力数百人，仍然攻不下刘家井。

黄昏时分，为了保存实力，杨副司令员下令各个阵地和各驻村部队立即向西南方向转移，主动撤出了战斗。

刘家井战斗是一次阵地防御战，这支刚成立不久的八路军支队，用几挺机枪、步枪和部分土枪、土炮，狠狠打击了在装备、人数上都占绝对优势的日本侵略军，创造了毙伤日伪军井口司令以下 800 余人、打死日军 417 人的战绩，进一步扩大了八路军部队在清河地区的影响。

7. 三打灯明寺

1939 年 1 月 26 日的傍晚，北风呼啸，纷纷扬扬的大雪漫天狂舞。

八路军东进抗日挺进纵队司令员萧华和参谋长邓克明带着纵队司令部和五支队一个营，在冰天雪地里疾速行进。

原来，这一天，驻东光城的日军第五师团一部在滕井的带领下，押送满载武器、弹药和各种物资的十几辆汽车，到城东的灯明寺村安设据点。

日军之所以选中灯明寺设据点，是因为这里地理位置重要。据点建成，既可以控制东光城东面这一大片地方，又可以与东光城据点形成掎角之势，确保津浦铁路的安全。

滕井到达灯明寺后，迅速分出部分兵力包围了距此不远的国民党民军二路张国基部。又惊又恐的张国基只好向八路军挺进纵队求援。

决不能让日军在这里驻扎！挺进纵队司令员萧华、参谋长邓克明制定了围魏救赵的作战方案，带着部队冒雪急行，于当天夜里赶到了灯明寺附近与运河支队会合。夜间11点，在风雪的掩护下，部队悄悄地把灯明寺包围了起来。

萧华命令两个连集中火力攻打灯明寺，同时命令其他部队埋伏在滕井返回救援的路上。滕井得到灯明寺被围的消息后，急率部下赶回救援。雪夜中，八路军战士伏击日军车队，痛打敌人。此战日军伤亡100多人，枪炮弹药全被八路军缴获，修建据点的各种物资和器材也全被烧为灰烬。八路军夜袭灯明寺首战告捷。

几天后，滕井又带日军、伪军和抓来的民夫，再次占领了灯明寺。萧华和邓克明得知后，决定二打灯明寺。

滕井为了早日修好据点回去交差，命令日伪军和民夫一起施工。夜里，疲惫不堪的日伪军刚刚入睡。突然，村外响起了嘹亮的军号声和清脆的枪声。日伪军紧急集合，慌慌张张地朝村外开枪放炮。过了一会儿，村外的枪声、军号声停止了。日伪军心惊胆战地等了好久，见村外再没动静，又都打起盹来。这时，负责扰敌的民兵再次开枪鸣号，一夜反复几次，使得敌人夜不能寐。如此连续两天，敌人都疲乏到了极点。第三天晚上，任村外民兵再怎样打枪吹号也不理睬了。

夜间11点，萧华和邓克明率部队又赶到灯明寺。按照部署，东光县大队在村北和村西北进行佯攻。从睡梦中惊醒的日伪军慌忙向村北和村西北开火。五支队趁机从村南悄悄地摸进村子，将日伪军住的院子分割包围起来。战士们把枪架在院墙上猛烈射击。伪军乱作一团，死的死，伤的伤，剩下的也乖乖地当了俘虏。接着，五支队又向日军驻地杀去。

滕井指挥剩下的中队凭借高大砖房作为掩护，拼命抵抗。萧华见敌人火力凶猛，一时难以攻下，便与邓克明商定撤出战斗，待日军逃跑时再在野外消灭他们。

八路军撤出战斗，向灯明寺东南方向转移。刚出村不远，灯明寺突然着火，浓烟滚滚，火光冲天。"日本人放火烧村了！""不能叫乡亲们遭殃，赶快去救火！"战士们纷纷喊道。萧华意识到这是滕井的诡计，想引八路军回村救火，背后偷袭。萧华决定来个将计就计。他立即带一部分人回村救火，又让邓克明带一连人埋伏村外，等待时机攻敌背后。

放火烧村果然是滕井的一个圈套。他见八路军撤走，便令士兵放火烧民房，然后带领日军隐蔽在村外的道沟里，准备伏击。

滕井见八路军回村救火，以为八路军中计，带着日军从道沟里爬出，兵分两路杀进村。萧华指挥战士迅速还击。此时，邓克明带着一个连也呐喊着冲进村来，在日军背后猛烈开火。日军遭到前后夹击，不到一小时，伤亡大半，只好簇拥着滕井窜出村子，逃回东光城。

八路军挺进纵队三战灯明寺、大败日军的消息不胫而走，迅速传遍了整个冀鲁边区。

8. 激战大宗家

1939 年 3 月，挺进纵队第五支队支队长曾国华、政治委员王叙坤率领第五团（欠第二营），从南皮、宁津、乐陵一带南下，到陵县大宗家村一带短期休整，被日军探知。

31 日，日军集结了德州、商河、临邑、宁津、济阳、东光、盐山等地的步兵、炮兵、骑兵，星夜朝大宗家杀奔而来。

大宗家在陵县城东 7 公里处，全村不足 60 户人家，200多人。村的东北方向是赵玉枝家，东南方向是侯家，部队分别住在几个村里。第五支队发现敌情后，立即向各部队下达转移的命令。但为时已晚，日军已分两路包围了大宗家和侯家。

日军首先开火，战斗打响。霎时，大宗家和侯家两村响起了激烈的枪炮声和手榴弹的爆炸声。曾国华、王叙坤和支队参谋长刘正、政治部主任刘贤权等决定主动出击，组织力量干掉日军指挥部。

随着曾国华一声令下，骑兵连战士飞身上马，冲向日军步兵阵地。躲在附近枣林里督战的日军指挥官，见其骑兵伤亡惨重，便用旗语指挥包围侯家的日军立即前来增援。第五支队发现了枣林里的日军指挥所，立即抽出一连一个排和一个骑兵班，从沙丘后面转过去，以迅雷不及掩耳之势杀向枣林里的日军。日军指挥官见势不妙，慌忙上马，在卫兵的簇拥下落荒而逃。但没逃多远，一颗手榴弹在日军指挥官坐骑旁爆炸，他被几块弹片击中了脑袋，一命呜呼。剩下的敌骑兵也都撒马奔逃。

虽然支队机关、骑兵连和五团主力杀退了敌人的骑兵和前来增援的步兵，但五团团部仍被围困在大宗家，同数倍于己的日军进行殊死战斗。于是，支队两处人马合为一路，杀奔大宗家，为五团团部解围。

大宗家的战斗十分艰苦。团长龙书金、政委曾庆洪、政治部主任朱挺先、团特派员谢甲树等亲临前线，分头率领战士们在村子四周抗击日军的进攻。日军见久攻不下，便架起掷弹筒、小钢炮朝八路军阵地狂轰滥炸。部队伤亡很重，曾庆洪、朱挺先、谢甲树等先后壮烈牺牲。战士们被炮火压得抬不起头来，大批的日军却趁机攻上来，部队只得退守村内。

在村内，敌我双方短兵相接。由于寡不敌众，最后龙书金率战士们退守到村北面的一座"保险院"。

这个村里有个大地主，名叫钟子敬。他家的围墙都是用青砖水泥砌成，四角建有高高的角楼，像座城堡，当地群众称它为"保险院"。

团直属队和特务连迅速占领"保险院"的有利地形，把机枪架在四个角楼上和围墙的垛口间，横扫日军。日军也爬上附近的土屋向大院猛烈开火。一时间，双方形成对峙的局面。

龙书金在院子里来回踱着步子，心情非常焦急。忽然，龙书金察觉到屋外的枪声渐渐停下来。他正要出去看看，作战参谋刘克正气喘吁吁地跑进来汇报，子弹快光了，日军已逼近院墙脚了。

龙书金说，那就用砖头、瓦片，决不让敌人再前进一步。说着，他拔腿往外走。

钟子敬突然拄着拐杖拦住龙书金，说他有办法。

龙书金跟钟子敬及他的儿孙们一起来到后院的马厩旁。他们挪开了一条牲口槽，再掀掉槽下面的一块石板，露出一个又深又大的洞。洞里整齐地排放着十几只木箱。打开箱子一看，里面分装着枪支和黄灿灿的子弹。

钟子敬说，这些枪支和弹药是他用来防盗护院的。龙书金激动地握住老人的手，再三感谢。

有了这些枪支弹药，战士们如虎添翼，顷刻间，把日军打退到 30 米外。但"保险院"仍处在敌人的包围之中。

过了一会儿，日军的后面突然响起了激烈的枪声，围困院子的日军纷纷溃退。原来曾国华率部队赶到了大宗家。团部机关、直属队和特务连的干部战士们见援兵到来，士气大振，呼啦冲出"保险院"，杀向敌群，同增援部队会合，突出村外。

大宗家战斗从早晨打到傍晚，五支队指战员英勇顽强，奋力杀敌，消灭日军 400 余人，打死日军战马 100 多匹，打出了八路军的威风，在冀鲁边区产生了极大的影响。但此场恶战也使五支队受到较大损失，五团政委曾庆洪、政治部主任朱挺先、团特派员谢甲树等 300 余名干部战士为国捐躯，五团团长龙书金受重伤。

9. 奇袭北极店

1941 年，阳信的抗日斗争进入艰难的岁月。日军在庆云、乐陵、阳信三县边界处挖了一道道又深又宽的封锁沟，每隔

42

三五里地就安一个岗楼，妄图阻挠和扼杀抗日斗争的开展。

秋季的一天，阳信县大队接到地下党员阎曰义、阎洪恩的报告：北极店新安了一处汉奸据点，有四五十个人，头子叫王应森，是流坡坞区王凤毫村人，是个汉奸。阳信县大队向县委报告了这一情况，决定拔掉北极店伪据点，并把这一任务交给七小队。

七小队接到任务后当即分析形势，自己人少武器差，强攻不如奇袭。大家一致决定派战士化装成汉奸队，深入敌穴，来个"黑虎掏心"，打他个措手不及。很快，战斗计划得到了县委的同意，并调虎山小队会说几句日语的吕捷同志参加这次战斗。

一天下午，在北极店以南惠民至乐陵的公路上，出现了一支"日军"小队。一个身着米黄色军服，背着盒子枪，腰挎指挥刀，骑着大洋马，趾高气扬的日本军官走在最前头。旁边还有一个骑着自行车的翻译官，其余人也都骑着自行车，全副武装，紧跟着向北极店进发。其实这支日军是七小队乔装改扮的。骑马的"日军军官"就是虎山小队队长吕捷，他浓眉大眼，一身虎气。那个"翻译官"是县委组织部部长兼七小队指导员綦砚田。化装成日兵的是县大队的中队长蒋德仁、神枪手郝子平、桑钦堂、孙玉山和封明亚等人。

在距北极店四五里时，假扮汉奸的地下人员提前来到伪军据点，报告说，惠民城里的日军要到阳信去，路过这里检查治安情况，要他们抓紧准备迎接。

正在打麻将的伪军头子王应森一听长官要来，立马整好队伍迎出南门半里地，远远地就点头哈腰笑地向马上的日军军官鞠躬问候。日军军官用日语说了几句话，把手一挥就进了据点。伪军们忙着敬烟、准备酒饭。吕捷把军刀一戳，流利地说了几句日本话。綦砚田翻译说，长官要对大家训话。王应森赶忙把队伍集合起来。綦砚田接着拿出几条烟卷分给了伪军。据点有高高的围墙岗楼，在里面不好动手，綦砚田只好想办法与敌人周旋。

这时，王应森突然发现蒋德仁脚上露出的布袜子不对劲，便紧紧地盯着看。綦砚田发现不好，当即和吕捷交换了一下眼神，吕捷随即叽里呱啦地说了几句日本话。綦砚田翻译道，长官要到阳信去，这一带常有八路活动，让王应森的军队送一程。王应森越发生疑，又不敢马上拒绝，赶忙搪塞说，马上打电话让人来接。吕捷把脸一拉，甩掉手套，气呼呼地吼了几句。綦砚田大声训斥。王应森连声答应着，整理队伍送行，但刚出北门就停住了，显然已经起了疑。郝子平见状，往路边一闪，果断开枪，当场撂倒了三四个汉奸。十几个扮作日军的战士一撂自行车，长短枪一齐开火，打得敌人蒙头转向。神枪手郝子平弹无虚发，几个逃远了的敌人一一被他"点倒"。王应森挨了一枪后跳进围子壕里潜水而逃。十几个想逃回据点的伪军，被战士们紧紧追到南门上，最后只能缴枪投降。战士们把枪栓卸下，让俘虏扛着，将其押到集合地点。这时接应七小队的县大队也赶来与他们会合了。

这次拔除北极店据点的战斗，七小队共打死打伤敌人10余人，俘虏20多人，缴获长、短枪40余支。

10. 浴血四柳林

此所谓"四柳林"，指宫家柳林村、王家柳林村、赵家柳林村、孙家柳林村，现属东光县大单镇，抗日战争时期曾隶属鬲津县三区。

1942年5月26日，日军驻华北最高司令官乘飞机到达德州，策划对冀鲁边区进行大"扫荡"。为坚持根据地的反"扫荡"斗争，冀鲁边一地委、一专署机关和警卫连干部战士于6月18日下午转移到四柳林一带，机关就驻在大单村。

一地委和一专署机关在大单村驻下后，派出的侦察员回来报告，有日军从穆庄奔刘大瓮村而来。19日拂晓，侦察员又报，北面的日军已经到刘大瓮村，距大单村只有七八里路。于是，地委书记杜子孚和专员石景芳带着地委、机关干部、战士从大单村出发，沿着通往三营盘村至鬲津河堤的交通沟转移。到了河堤向东一看，一大队日军顺着河岸向西而来。部队只好顺原路又回到大单村，改走大单村至寺后杨村、砥桥村的交通沟来到了鬲津河堤下。

这时天已大亮，埋伏在河岸上的日军居高临下，轻、重武器一齐开火，有些干部、战士当场牺牲。一看突围不成，又顺原路边打边撤到寺后杨村附近时，一专署专员石景芳中弹负伤，从马上栽下来，警卫连连长孙国栋背起他就走。石景芳让孙国栋别管他，快去指挥部队。他忍着剧痛继续组织突围。

这时，从寺后杨村西南又冒出一股日军，日军两面夹击，枪声响个不停。大家见崔达家村方向没有动静，就向崔达家村突围。刚到崔达家村至刘连庄的东西交通沟前，隐蔽在沟里的日军突然开火，在交通沟里的干部、战士伤亡大半，一地委书记杜子孚中弹牺牲。日军四面重兵包围，石景芳等带领剩余的人被压缩在赵家柳林村东一片开阔地上。这时，干部、战士们已大部牺牲，子弹也几乎打光了。日军端着枪号叫着冲上来，石景芳指挥战士们在开阔地的一个松树坟场中与数倍于己的敌人展开了肉搏战……一场激战后，石景芳、于慎德等抗日志士全部壮烈牺牲。

一地委组织部部长邸玉栋带领的机关干部，遇敌后迅速占领了小单村南的一条道沟，在沟内边打边向东南方向冲，到达孙家营盘时，邸玉栋胳膊负伤，这时前后受敌，形势紧迫。邸玉栋喊了声"与敌人拼了"，率领战士们冲上去和敌人搏斗，最后全部英勇牺牲。

驻在小单村的燕明，在拂晓听到枪声，断定日军在合围，于是一方面派人与地委联系，一方面组织青年连顺着交通沟向黑龙村方向转移。等青年连大部过去，日军合围上来，燕明等人被卡在包围圈内。这时派出的侦察员回来报告说没有找到地委。燕明带通信员等人又到大单村找地委，也没找到。于是他带着通信员李学礼向正东方向的刁庄、姬庄撤退，伺机突围，寻找军区领导汇报战况。

此时，住在宫家柳林村的沈玉臣带领鬲津县大队一连接到情报后立即组织转移，但日军已把村子包围起来。鬲津县一连武器好、战斗力强，战士们利用黑夜与敌展开了白刃战，沈玉臣命令一个排向砥桥村方向突围，其他人由他带领向东突围，当他冲到王家柳林村和孙家柳林村之间时，一行人又遭到了日军的截击，部分人员牺牲，好在最后杀出一条血路冲了出来。

同日，鬲津县青救会主任王友林所带的三区队也在崔站以南大洼遭到日军的包围，在向西南突围的过程中，20 多名战士牺牲。

这次战斗从拂晓一直打到中午，石景芳、杜子孚、邸玉栋等 30 余人牺牲，被俘的 40 余人宁死不屈，最后全部被敌人杀害。同时牺牲的还有原冀中八地委书记翟晋阶带领的武装宣传队 70 余人，冀中巡视团六七人和冀中二十三团一营一部。日军伤亡 200 余人。20 日上午，日军从柳林村、小单村向东北方向撤退。

四柳林战斗结束以后，冀鲁边区的形势日趋恶化。然而日军的疯狂并没有使边区抗日军民屈服，反而激发了抗日军民的斗志。

11. 清水泊突围

寿光清水泊根据地方圆近百里，湖汊河道纵横，芦苇杂草丛生，地形复杂，是黄河口地区与胶东、鲁中抗日根据地之间相互联系的交通要道。

1942 年，日军为切断胶东、清河和鲁中各抗日根据地之间的联系，连续对清河抗日根据地清水泊一带发动了 3 次大"扫荡"。

5月10日，青岛、济南等地的日伪军2000余人奔袭清水泊。八路军及地方抗日武装接到情报后安全转移。日伪军扑空后旋即撤回。

6月8日，日军第六混成旅团纠集了青岛、潍县、惠民、益都、广饶等地日伪军共5000余人，汽车100余辆，大炮数十门，采取长途奔袭、"梳篦围剿"等手段，兵分五路对清水泊根据地进行疯狂的大"扫荡"。

此时，在清水泊的除清河军区机关及清东党政军机关外，作战部队只有清河军区直属团一、三营与清东独立团和寿光县大队等，不足千人。6月8日拂晓，日军发动了进攻。清河军区司令员杨国夫命令主力部队掩护群众迅速转移。杨国夫带领军区机关干部、警卫排和机炮连从巨淀湖北边的织女河崖突围时，被日军发现，遇到敌伏兵的猛烈阻击。

杨国夫、军区副政委刘其人为了迷惑敌人，决定组织小分队，向东南方向佯动。命令刚下达，警卫员王来西纵身跳上杨国夫的枣红马，说了句"这任务算我的"。警卫班战士周良和数名战士紧紧跟着王来西，向东南方向的马家庄冲去。日伪军判断这是杨国夫和八路军的大官向东南方向突围，立即集中兵力猛追。

杨国夫则指挥部队向南、北台头突围。黄昏时，突围部队在离清水泊20多里路的崔家庄集结。经过清点，整个司令部机关只剩下100多人，原有40多人的通信排只剩下20人，清东地委组织部长兼寿光县委组织部长王博民、杨国夫的警卫员王来西等壮烈牺牲。当天晚上，部队安全转移到邢家茅坨村。

日军不甘心失败，很快便又卷土重来。10月10日，日军先后集结日伪军共7000余人分别汇集于广饶、寿光、稻田、丰城、侯镇、道口及羊角沟等据点，由日军第六混成旅团新任旅团长蟠井虎次郎少将统一指挥，于14日夜兵分四路，以清水泊为"扫荡"中心，实行分进合击、铁壁合围，妄图将清河八路军主力一举消灭在清水泊。

15日上午，日伪军从四面八方围拢上来。打到下午4时许，八路军伤亡很大，部队被围困在清水泊中心地带。直属团四营教导员王光廷带着一个连被围困在芦苇丛中。战士们在他的指挥下，端着明晃晃的刺刀，高喊道："是中国人让开路，我们杀的是日本人。"喊声震天，伪军吓得四处躲闪，很快便杀出了一条血路，冲出重围。王光廷在这次突围中壮烈牺牲。广寿二边大队和政府机关在向清水泊内转移中与敌相遇，广寿二边行政委员会主任燕铭书、二边大队教导员杨荣等多名干部、战士英勇牺牲。随着夜幕降临，战场才渐渐地沉寂下来。

清水泊突围战，是清河军区抗战史上一次最激烈、最残酷的战斗。八路军清河军区以少量兵力抗击了日伪军7000之众，共毙伤日伪军200余人。

12. 铁营洼反"合围"

铁营洼地处阳信、乐陵、庆云三县交界，是阳信县党政机关和抗日武装经常活动、隐蔽的好地方。1943年2月3日（农历腊月二十九），铁营洼经历了一场反"扫荡"的血战！

除夕日，铁营洼各村群众做着过年的各种准备。活动在外地的阳信县政府机关和抗日武装共约 500 人，也提前于腊月 27 日和 28 日集中到大洼各村休整，与群众一起过年。

此时，驻济南、天津、沧州、德州、惠民的日军加上鲁北十几个县的日伪军，共 2 万余人，动用 200 多辆装甲车、卡车，分兵五路对铁营洼进行远距离奔袭，趁着雪夜和浓雾的遮掩，包围了铁营洼。

上午 10 点多钟，日出雾散，日伪军的汽车、骑兵在大洼外围拉开了距离，将大洼包围得水泄不通，阻击日伪军的各部队与逃难的群众已全部暴露目标。

冀鲁边区三军分区副司令员李永安带领手枪班保护着数百名众，从徐家荒场突围，与一队日军正面遭遇。李永安命令队员们掩护群众快跑，他则断后阻击日伪军。他们几人机敏地跳进了一条深沟，一面射击，一面呼叫，把日伪军吸引了过来。面对着日伪军的层层包围，他们战斗至最后一颗子弹，壮烈牺牲。

阳信县县长武大风和战士、群众，被包围在铁家营村东北一座破窑和一条道沟里与敌人周旋。战斗到下午 3 时，武大风左肩负伤，战友们大都牺牲，幸存的干部、战士也多是伤员。眼见日伪军的包围圈越来越小，武大风忍着剧烈的伤痛，使劲挥动右手，竭尽全力高喊"冲啊"。武大风的枪膛里还有 5 颗子弹，他连续打倒 4 个日兵后，把最后一颗子弹打进了自己的心脏，献出了自己年轻的宝贵生命。

以李清寿为队长的五小队，是一支战斗力很强的队伍。面对强大的敌人，李清寿挥舞着匣枪，高喊着迎敌。战士们越战越猛，日军伤亡惨重。日军便开始了连排式的炮击，并施放毒气，五小队成员全部牺牲。

战斗从拂晓打到天黑，持续了整整 14 个小时，除县大队教导员王志诚率十几人突出重围外，其他人员壮烈牺牲。铁营洼战斗，显示出中华儿女宁死不屈的民族气节。

13. 解放阳信城

1945 年 8 月 21 日，阳信城被抗日军民收复。

阳信城虽不大，却有一个 1200 多人的伪军保安大队驻守。城周围是三合土砸成的十几米高的坚固城墙，墙外是七八米宽、二米多深的护城河，沿城周围布满了鹿寨。城门两侧修了暗堡，每个暗堡有三个射孔。城门楼上架着枪。

对解放阳信城，渤海军区三军分区领导早有准备。入夏以来，曾先后派出敌工股干事徐钦哉、联络员邱干卿、交通员蒋德志等同志打入阳信城敌人内部，了解掌握了敌人活动、布防情况。在多次劝降未果的情况下，三分区决定武力解放阳信城，彻底消灭城内的敌伪军。

8 月 21 日拂晓，三分区主力部队及地方武装共千余人包围了阳信城守敌。分区主力部队，集结于阳信城西关及西郊的几个小村里。攻城指挥部设在距城西门不到 200 米的大路北侧。为了隐蔽地接近城门，乡亲们挖通了自己家的房院，不到半天时间，就帮助部队挖通了通向城门的通道。

下午，一切准备就绪，三分区派韩天伦到城门前与敌军守城副总指挥、伪军团长王永坤对话，令其缴械投降。王永坤仍拒绝投降。傍晚，指挥部按预定时间发出总攻信号。营长刘仁贵指挥七连的机枪、步枪以全部火力封锁城楼及暗堡的火力点，掩护爆破组。七连二排长曹振山带领爆破组敏捷地爬过城门前的壕沟，堆好了炸药包。顿时，轰的一声巨响，炸开了城门。副教导员王志诚指挥钢七连的指战员，很快冲到城门前。副连长邵云亭带领突击队，冲过敌军密集的火力封锁，跳进在城门口用土麻包垒起的四五尺高的掩体内，迅速占领了城门楼制高点，向城墙上的敌人猛烈开火。连长张景荣和指导员宋振荣率领七连冲进城门后，向城东南方向迂回歼灭溃逃的敌人。八连指导员王金轩带领全连沿大街两侧的民房向东直奔街中的土垒。九连连长张乐池和指导员郑荣带领全连，向东北方向的敌伪政府进攻。很快，三个连队就像三把钢刀插向街中心敌军的最后堡垒。土垒里几十个伪兵在守城总指挥刁长盛的指挥下，企图负隅顽抗，继续向外打枪。这时，黄荣海和李雪炎率部从东关攻入街中心，各县大队从南、北两个方向也冲进城里。战士们从四面包围了土垒，边射击，边向敌人发动政治攻势。伪军最终缴枪投降。

至此，不到 2 个小时，就消灭了阳信城内全部敌伪守军，缴获迫击炮 2 门，机枪 14 挺，长、短枪 1200 余支和大批弹药物资。刁长盛、王永坤，以及伪军、政人员 1200 余人全部被俘。

为解放阳信城，七连副连长邵云亭和二排长曹振山及爆破员周凤悟等干部、战士，献出了自己宝贵的生命，他们的功绩将永远载入史册，铭刻在阳信人民和战友们的心中。

14. 中秋战棣城

"张景月、张子良，两头两个活阎王。牛头马面一大帮，专门祸国把民殃。"这是抗战时期流传的一段顺口溜，里面提到的张景月和张子良都是鲁北国民党顽固派头目。占领无棣的是顽冀察战区第十挺进纵队少将司令张子良。

1945年春，抗日战争由战略防御转入战略进攻。张子良借着日军向铁道沿线集中无暇他顾之机，趁势占领了无棣县城。他一方面收编伪军和残匪，一方面日夜加固城池，抢修工事，力图将无棣打造成攻不破的"金汤城池"。

1945年9月11日，距离中秋节还有9天的时间，渤海军区司令员杨国夫下达命令，各军分区主力部队、各县独立团、独立营以最快的速度向无棣集结挺进，无棣战役正式打响。

12日凌晨，渤海军区部队出现在无棣东南方驻扎的张子良部面前时，他们竟还在酣睡之中，全无防备。原来张子良在11日下午的通报中还说，方圆150公里之内无虞。

南关是张子良在南面煞费苦心经营的屏障，15日上午，渤海军区特务营和直属团开始对南关之敌发起攻击。爆破组的战士，在攻城大军密集炮火的掩护下，巧妙利用沟渠、土坎，一个接一个地扑上去，炸开了张子良部的工事。部队借着腾起的浓烟直扑南关街里，与张子良部展开了巷战，逐屋逐院地消灭顽抗之敌。

战士们越战越勇，把小包炸药和手榴弹扔进张子良部借以顽抗的院子里，又从窗眼里塞进屋内，在爆炸后的瞬间突然冲入，多数顽抗者被击毙。侥幸未死的敌人潮水般地向城里溃逃。

这时，张子良见外围阵地全部失去，不由惊恐万状，下令把南城门吊桥拉起，并命令用机枪迎头乱扫逃回的士兵，妄图迫其与八路军死拼。这些士兵进退维艰，别无生路，纷纷缴枪投降。15日凌晨，无棣城的5个城关已全部被攻克。

张子良犹作困兽之斗，他亲自上阵督战，多次驱赶着身背大刀、腰插驳壳枪、手拿冲锋枪的警卫部队，试图阻击进入城内的八路军。张子良一边组织兵力反击，一边狠狠地威胁部下，宣布：坚决抵抗，决不逃走，谁若离城半步，概以军法论处。16日下午，张子良又狠狠地威胁部下，假说带兵督战，自己却悄悄带着几个家眷在300多个部下的保护之下企图从北关西侧突围。不想刚出北门约半里便遭到早已守候在此的八路军迎头痛击，张子良被击毙。

9月17日，渤海军区部队发起总攻，攻克了无棣城，俘虏顽军副司令冯立纲以下5000余人，毙伤叛徒邢朝兴、沾化伪县长王浩然等1000余人。另外，缴获长、短枪4000余支，迫击炮10门，轻重机枪60余挺，各种物资、弹药不计其数。

二

牢记使命　不怕牺牲

艰难困苦、休戚与共的渤海区红色革命历史，是中国共产党领导的中国革命史的精彩缩影，同时也是一部中国共产党领导人民群众争取自身利益的奋斗史，一部不断赢得民心的革命史。在长期的革命斗争实践中，无论多么艰难困苦，无论遇到什么坎坷挫折，渤海区人民都始终不渝坚持中国共产党的领导，坚定革命理想信念，百折不挠、奋斗不息，为民族独立和人民解放进行了前赴后继、英勇顽强的斗争，为赢得胜利做出了巨大牺牲和突出贡献。

（一）为国捐躯

捐躯赴国难，视死忽如归。为了争取民族独立、人民解放和国家富强、人民幸福，渤海区军民不畏牺牲，英勇奋战，黄骅、马耀南、杨忠等战士牺牲在这片土地上。渤海区有5万余名革命烈士血洒疆场，很多烈士牺牲时连姓名都未及留下。他们凭着一腔忠诚为国的赤诚，慷慨就义。他们生活在我们的记忆里，我们生活在他们的事业中。

1. 一马三司令

"一马三司令，得了'抗日病'，一心打鬼子，专救老百姓。"这是当年清河区人民怀念和歌颂马耀南等烈士而传唱的民谣，其中"一马三司令"指的是八路军山东纵队第三支队司令员马耀南和他的二弟马晓云、三弟马天民。

马耀南

1902年，马耀南出生于山东省长山县一个富裕农民兼手工业者家庭，1924年考入天津北洋大学机械工程系。1933年夏，在长山县乡绅的联名邀请下，马耀南回县任长山中学校长。

七七事变后，山东省委派遣共产党员姚仲明，延安来的红军干部廖容标和鲁北地方党组织负责人赵明新来到长山中学。在马耀南的支持下，他们在长山中学举办游击干部训练班，对外称"民众夜校"，油印抗战小报，成立抗日后援会，宣传和组织群众开展抗日救国运动。

1937年12月，日军飞机轰炸长山县城，群众死伤众多。面对危急形势，姚仲明、马耀南等决定，立即在长山县九区黑铁山一带举行起义。姚仲明、廖容标和赵明新率60多名骨干奔赴黑铁山,起义部队打出山东人民抗日救国军第五军的旗帜。廖容标任司令员,姚仲明任政委,赵明新任政治部主任。

为广泛团结抗日力量,由马耀南任行动委员会主任,凭借在当地的影响力,他出面召开乡绅名流座谈会,宣传共产党的抗日主张,号召大家支持抗战。第五军在共产党的领导下,攻长山、打周村、炸火车、袭汽艇,神出鬼没地打击敌人,影响日益扩大,日寇汉奸闻风丧胆,张店、桓台、淄川、益都等地的抗日武装纷纷前来,加入第五军。

1938年4月,五军队伍扩大到5000人,经过统一编制,组建成7个支队,下辖30个中队。其中第一支队司令员马天民是马耀南的三弟,第七支队司令员马晓云是马耀南的二弟。

1938年6月,山东境内共产党领导的抗日武装统一使用八路军番号,第五军改编为八路军山东抗日游击第三支队,马耀南任司令员。

马耀南治军严明,以身作则,严格遵守纪律。有一次,他得知支队参谋长玩忽职守在家打麻将,非常生气,命令警卫员把参谋长绑起来,要按军法处置。经司令部的几个同志劝说,马耀南才给参谋长松绑,但他余怒未消,坚持不要此人当参谋长。他说,国民党军队的腐败作风,八路军不能沾染丝毫,这样的参谋长只会贻误军机,别说当参谋长,当战士也不要。

1938年10月,马耀南来到中共苏鲁豫皖边区省委领导机关驻地。经郭洪涛和霍士廉介绍,马耀南加入中国共产党,实现了自己多年的夙愿。

1939 年 7 月，马耀南率一部在途经桓台县牛王庄时，又遭到日军的包围。为掩护群众转移，马耀南毅然决定向相反方向吸引日军火力，遭到埋伏在村头日军的机枪扫射，壮烈殉国，年仅 37 岁。

之后，马耀南的弟弟马晓云、马天民继承哥哥遗志，化悲痛为力量，继续坚持战斗在敌后游击战场。

马天民失去大哥后悲痛万分，他把家仇国恨融于一起，下定决心和日军血拼到底。为了保存和巩固三支队实力，杨国夫司令指示马天民重整队伍。马天民临危受命，当即表示，就是上刀山、下火海，他也要把同志们动员回来，和敌人拼到底。他化装潜入周村、张店、长山等敌占区，踏踏实实地为党工作。

1939 年 10 月 14 日，马天民在长山城西辛庄搜集枪支时，被叛徒出卖，在撤退途中，身中数弹，壮烈牺牲，丧心病狂的日军还把他的头颅割下挂在长山城门，那一年他年仅 28 岁。

1939 年，马晓云奉命率领部队插入敌后，开展对敌斗争。他带领战士实施拔掉敌人据点、炸毁日军火药库、破坏铁路使日军军用列车出轨等行动，牵制了敌人对抗日根据地的"扫荡"。同年加入了中国共产党。

1944 年 8 月 10 日，时任渤海军区第六军分区副司令员马晓云，在攻打青城附近王家庄据点时，不幸牺牲。

"一马三司令"的名号已成为一面旗帜，将永远飘扬在渤海平原的上空。

2. 铁血丹心石景芳

"我们每个人都要做好为抗日而献身的准备。请大家相信我们的血不会白流,伟大的抗日战争一定会取得胜利!"这是石景芳生前常说的一句话。

1912年1月,石景芳出生于无棣县刘丰台村一个知识分子家庭,原名石玉琮。1930年,石景芳考入山东省立第四中学,开始阅读一些革命图书,积极参加学校学生进步团体学生自治会。

1933年秋,石景芳考入北平宏达学校。1935年秋,石景芳弃学回乡,担任农村短期小学教员。他和进步青年成立了"友谊读书会",搜集进步书籍,传播进步思想,受到广大小学教员和进步青年欢迎。之后,又组织成立山东各界抗日救国联合会鲁北分会,宣传抗日救亡的革命道理。

1937年2月,石景芳加入中国共产党,之后受鲁北党组织委托,同关星甫等共产党员一起秘密创建无棣县基层党组织。

1937年七七事变后,石景芳同关星甫等人在当地成立了一个以共产党员为骨干、吸收进步青年知识分子参加的抗日救亡会,会员发展迅速,骨干遍及全县。

1937年9月,中共无棣县工作委员会成立,石景芳为县工委书记。他与其他工委成员一起,积极发展党员,壮大党的组织,宣传发动群众,开展抗日救国运动,并编印刊物,以教育党员和知识青年。

1938 年初秋，石景芳受冀鲁边区党组织委派，奔赴东光县，执行创建抗日根据地的艰巨任务。同年 8 月，东光县抗日民主政府宣告成立，石景芳任第一任县长。

1939 年 10 月，东光县人民代表大会上，石景芳被评选为抗日民主政府模范县长。他响亮地提出"抗日高于一切，一切为了抗日"的口号，号召东光县"工农商学兵，一起来救亡"。在东光县，石景芳积极实行党的抗日民族统一战线政策。一面教育和发动群众，扩大抗日武装力量，开展武装斗争；一面团结进步力量，争取中间势力，打击顽固势力。在石景芳的领导下，东光县很快成为一个有初步基础的抗日根据地。

1942 年，日军对冀中地区进行大规模"扫荡"。同年 6 月 18 日，石景芳和数千名群众，以及专署机关同志，在东光县四柳林一带被日伪军包围，石景芳率分区警卫连掩护群众过鬲津河突围。

由于日军以猛烈火力封锁，强渡未成。当撤至后杨村附近时，石景芳负伤。警卫连连长要背他走，他硬是不肯，让连长别管他，快指挥部队战斗，掩护同志们突围，这里有他指挥。

忍着剧痛，石景芳坚持指挥突围，被日军压缩在鬲津河北岸赵家柳林村东的一片坟地里。这时，分区警卫连战士大部牺牲，弹药也消耗殆尽。面对冲上来的敌人，石景芳带领战士们与敌人展开肉搏，刺刀拼弯了，就用枪托砸，用砖头打。6 月 19 日，石景芳壮烈牺牲，时年 30 岁。

石景芳不仅自己投身于革命，而且动员父亲、哥哥参加革命活动。在他的影响下，刘丰台村也有几十人参加了抗日部队，被称为"八路村"。2014年9月1日，经党中央、国务院批准，石景芳入选由民政部公布的第一批300名著名抗日英烈和英雄群体名录。

3. 李天佑舍生救战友

"做一个共产党员，必须具有为党的事业不惜牺牲个人生命的精神，要不就不算一个真正的共产党员。"这就是博兴高渡村人、共产党员李天佑经常说的话。他不仅说了，而且做到了。

李天佑，字惠民，幼时读私塾，后辍学在家种几亩薄地，支撑着六口之家。冬、春求师学艺，后在舅父的帮助下设馆教书。1930年，由张静源介绍加入中国共产党。1932年春，调到四区城王村以小学教师身份为掩护从事革命活动。他经常教育群众，地主都是吸血鬼，天下乌鸦一般黑。要翻身，穷哥们必须攥成一个拳头，起来和他们做斗争。

1932年8月，博兴县爆发了"八四"农民武装暴动。一天深夜，暴动失败后遭国民党政府通缉的李相韩，风尘仆仆地闯进了李天佑的宿舍。李天佑机警地问路上有没有人跟踪盯梢，年轻的李相韩说没注意。李天佑安排李相韩睡下后，便拖着几夜未睡、疲惫至极的身子为李相韩警戒。不一会儿，传来犬吠声与人的嘈杂声。李天佑断定是敌人追来了，他立即将李相韩唤起，两人迅速从后院越墙冲出了村子。

拂晓，两人跑到了兴福镇，鞋裤已被露水打湿，全身满是泥浆。为了不引起敌人的注意，他们俩便在一个井边池子里洗涮。突然，他们俩发现路上行人拼命地跑，还没等反应过来，就被国民党民团包围了起来。李天佑悄悄对李相韩说，敌人要的是李相韩，他们还分辨不清两人，他就说自己是李相韩，打掩护。李相韩不同意，坚持让李天佑留下来，他说李天佑是老同志，对革命事业更有利，并低声向李天佑交代具体任务。李天佑十分严肃地拒绝了，说下一步要见机行事，争取一切可能的机会脱身！

这时，一伙国民党团丁突然大声喊道："李相韩！"李相韩应声而起。团丁顺手打了李相韩两个耳光，随后把李相韩拖往门外。这时，李天佑道："眼长到哪里去了？我才是李相韩！"匪徒们如获至宝："老兄，我知道你会跳出来的！""向你们县党部的那些老爷们讨赏钱去吧！"李天佑说着大摇大摆地朝大门走去。

第二天，八个民团团丁押着二人往县城解送。走到一个水井旁，李天佑机警地朝高粱地使了个眼色，李相韩会意地点了点头。随后，李天佑说："兄弟们，我渴得实在走不动了，想到井边喝口水。"团丁准许后，他一头扎到垄沟里喝了起来，团丁们也有的趴下喝水，有的洗脸。此时李相韩趁机钻进了高粱地，李天佑向相反方向跑去，不幸又被抓住。

李天佑被押到县城后，国民党县长亲自审问："跑了的那个是李相韩吗？""不是，我是李相韩。"县长一愣："胡说！只要你说出真情实话，与你毫不相干。"李天佑置之不理。敌人无计可施，恼羞成怒，最后将李天佑枪杀。

时年，李天佑38岁，临刑时，他大声高呼："打倒国民党反动派！共产党万岁！"

4. 胡恒熙的铮铮誓言

"要有骨气，只要我们活着，就革命到底，胜利是属于我们的。"这是共产党人胡恒熙临终前的誓言。

胡恒熙，1906年出生于河北省盐山县龙王庙村，1925年考入天津水产学校。受进步刊物及刘格平等共产党人的影响，他积极投身革命。1926年，胡恒熙加入武汉国民革命军第六军。大革命失败后，胡恒熙拒绝接受国民党的委任，坚决跟着共产党走。1927年秋，胡恒熙经刘格平介绍入党，并受中共党组织派遣，回乡任龙王庙村党支部书记。

遵照中共顺直省委关于创建武装，实行武力反抗的指示，

胡恒熙

1928年3月，胡恒熙与刘格平等在庆云、盐山一带发展武装力量，成立津南革命军第一支队，一举攻占庆云县城，缴获县民团和警察局的枪支，扩大队伍。当奉军包围庆云县城，双方处于僵持局面时，原中共庆云县委书记陈一新临阵变节，拉队伍投靠

国民党。中共津南特委将其开除党籍，并任命胡恒熙为庆云、盐山联合县委书记。当年夏，中共津南特委书记刘格平被捕，特委组织的活动一度中断。在与上级党组织失去联系的情况下，胡恒熙仍积极顽强地坚持地下斗争。1933年，重建中共津南特委，胡恒熙任津浦路东中心县委书记兼庆云县委书记，全面领导津浦路东党的工作。

1934年4月，国民党庆云县政府借疏通马颊河之机，私吞修河款，转而向群众摊派，引起群众罢河工、抗暴政的斗争。津南特委和庆云县委因势利导，组织马颊河河工全体罢工，并于20日在严家务大集上召开大会，宣布成立农民自卫军，开展武装斗争。会议开始不久，国民党县政府的警察和沧州赶来的骑兵连就从西南方向包围上来，胡恒熙等人被捕入狱。

在狱中，敌人得知胡恒熙是共产党的县委书记后，妄图通过刑讯逼供使他屈膝投降，供出中共地下组织。他们把胡恒熙的四肢固定在柱子上，用皮鞭猛抽，昏过去就用凉水浇，醒过来又用手指粗的香火烧灼他的皮肤。一边烧，一边问："谁是共产党员？"胡恒熙回答："我是！""还有谁？""不知道！""那就枪毙！""死了我也不知道！"

见酷刑不能使胡恒熙屈服，敌人变换伎俩，一时许官，一时又许以美女。胡恒熙嗤之以鼻，痛骂国民党反动派的黑暗与腐败。一无所获的敌人把胡恒熙押到北平国民党军分会，但仍未放弃对他的折磨。

一年多的非人磨难，使胡恒熙患了痢疾，并且病情日益严重。敌人将他送到陆军监狱，扔到监狱医院一间阴暗潮湿、又脏又臭的停尸房里。蚊叮虫咬，连口水都喝不上。胡恒熙仍以顽强的毅力坚持斗争，决不讨饶。

1935年5月，年仅29岁的胡恒熙被酷刑与疾病夺去了生命。

5. 信仰如山的"鹿疯子"

鹿省三为了筹集党的经费，不顾家人的反对，执意把家里的一头骡子牵到集市上去卖。父亲无奈之下只好叫人带上20块大洋追到半路，将骡子换了回来。村里的人议论纷纷，这个人卖骡子图个啥？这不是疯子吗？从此，他有了一个称呼，叫"鹿疯子"。

鹿省三，原名鹿效曾，1905年1月出生在莱芜县牛泉公社西牛王泉村一个中农家庭。1928年，莱芜县政府举办小学教员训练班，鹿省三考入该训练班。1929年秋天，鹿省三考入济南正谊中学，第一次听人讲述共产党的政治主张，开始对共产主义产生敬仰之情。1930年，鹿省三经同学张子健的介绍，加入了中国共产党。

1931年年初，一个寒冷的夜晚，鹿省三悄悄出门张贴宣传标语。他从校门口一直贴到教室，不料被敌人发现。就在这紧急关头，鹿省三立即从后门跑到大明湖，跳进芦苇丛里藏了起来。敌人搜索无获后只能悻悻而去。

1932年的一天，上级派鹿省三给莱芜县委书记刘仲莹传达口头指示。从泰安站下火车后，忽然天降大雨。为了不耽误任务，鹿省三冒雨向莱芜方向跑去。他来到汶河边，河水暴涨，拦住了前方的去路。鹿省三不顾危险，赤手过河，不料刚走到河中间，人就被卷进急流，千钧一发之际，他伸手拽住河边垂柳的一束树枝才得以上岸。鹿省三就是用这种舍我其谁的精神，完成了上级分配给他的任务。

1933 年春，中共山东省委决定由鹿省三任省委巡视员，到博兴、淄川、博山、益都、昌乐、潍县、寿光等县组织工人运动，重建党的组织。当时党的经费极其拮据，鹿省三也无他法，就决定和父、兄分家，卖掉了自己分得的那一份土地，以卖地钱充当党的活动经费。

1937 年 11 月，中共山东省委建立鲁东工委，鹿省三任书记。他立即召开工委会议研究贯彻省委指示，决定让张文通到寿光，自己到昌邑、潍县，分头组建抗日游击队。12 月底，鹿省三以鲁东工委的名义，领导举行了潍北抗日武装起义，建立了八路军鲁东游击第七支队，他任政委。与此同时，马保三、张文通在寿光牛头镇举行武装起义，建立了八路军鲁东游击第八支队。

1938 年 3 月 3 日，鹿省三率部队包围李家扶宁村的地主武装。由于他轻信了地主可以通过谈判交出枪支的许诺，部队遭到日伪军的袭击，损失较重。30 多人随支队转移到火道村，其余大部分人员连夜过潍河，撤到潍县北去了。

3 月 26 日，部队在昌邑北瓦城镇与第八支队胜利会师，并组建了八路军鲁东游击指挥部，鹿省三兼任政委，马保三任指挥。部队共计 3500 余人，钢枪 1200 余支。整编后，第七、第八支队仍保留原建制和番号，分别由张鸿礼、王云生任支队长。

日军侵占昌邑县城后，进占昌邑北重镇柳疃。4月2日拂晓，柳疃战斗打响。由于武器装备较差，缺乏攻坚经验，战士们历经冲杀还是难挡敌人的反击，被迫撤退。4月4日，鹿省三代表工委在龙池村村传达关于部队进驻胶东的意见，遭到张鸿礼等人的反对。张鸿礼还把本不应参加会议的亲信金炎找来，大肆攻击工委。张鸿礼的意见遭到了大多数同志的反对，鹿省三当即决定，部队迅速东进。鹿省三等人则留守在昌邑瓦城做地方工作。

4月7日上午，金炎突然骑马返回瓦城，在镇公所孙膑庙内找到鹿省三。一见面，金炎便高声叫嚣着向鹿省三要钱。鹿省三说，干革命，两个肩膀扛着个头，没钱。金炎仍不死心，鹿省三怕影响其他同志，连忙拉他出去理论。不料，鹿省三刚走出庙门，凶残的金炎便毫无征兆地向他连开数枪。中弹后的鹿省三躺倒在血泊之中，终年33岁。

鹿省三的不幸被害，是昌潍大地抗日斗争的巨大损失，全体指战员无不悲痛万分，一致同意处决凶手金炎。部队则高举抗日大旗，按照鹿省三生前的指示向东进发，成为开辟山东抗日根据地的重要力量。

6. 浩气长存张培之

1940年4月的一天下午，乐陵县官道刘日伪据点通往村东刑场的路上，日军小队长久寒丘指挥日伪军押着三个五花大绑的青年人。其中一人伤势严重,步履艰难,但昂首挺胸,坦然地走向刑场。他,就是冀鲁边区三地委秘书长张培之。

张培之,又名张栽云,化名李杰。1907年,出生在沾化县泊头乡官庄。1929年夏,考入被誉为"红二师"的曲阜第二师范求学。当时校内进步思想活跃,革命师生上演了讽刺剧《子见南子》,张培之就是震惊中外的"子见南子案"参与人之一。

1937年,张培之加入了中国共产党,成为沾化县首批党员之一。1938年春,他协助石清玉同志建立抗日救国读书会。这年4月,张培之巧妙地把读书会扩办到国民党刘景良部的政训处里,从中秘密发展王瑞锋等先进分子入党,变国民党的政训处为共产党八路军宣传抗日的阵地。

1938年秋,中共沾化县工委成立。石清玉同志为书记,张培之任组织委员。县工委在井王村设小学一处,由张培之任教员,负责党的联络工作。1939年秋,冀鲁边区重建鲁北地委时,组织上调张培之任鲁北地委秘书长兼管党员教育工作。此时他化名李杰,经常代替地委起草文件,代表地委答复处理各县党组织的公函。他率领地委机关活动于商河、阳信、乐陵三县边境一带。

1940年2月,张培之冒着严寒带公务员到乐陵五区花园街东张家店办党训班。由于汉奸伪村长张同升告密,张培之被日伪军逮捕。敌人将他同另外两个刚报到的学员一起押回据点,关进严密看守的伪警备队监狱。

夜幕降临了,张培之冷静地分析了目前的处境,他秘密召集大家，严肃地说，党考验大家的时候到了。在敌人面前，每人表现如何，就是向党训班提交了怎样的答卷。党训班第一课是严守党的秘密……

翌日，审讯在伪警备队大院开始。敌人用尽了招数，把张培之折磨得死去活来，伤痕累累，肋骨折断好几根。但张培之始终守口如瓶，没向敌人透露半点机密。

张培之用实际行动给狱中党员上了一堂生动的党课，其他人在敌人的审讯中也都坚贞不屈。每次受审回来，张培之挣扎着，去抚摸同伴们的伤处，询问疼不疼，并告诫大家莫愧对共产党员的光荣称号。他还用明朝的诗《石灰吟》勉励大家："千锤万击出深山，烈火焚烧若等闲。粉骨碎身全不惜，要留清白在人间。"

根据几天来的观察，张培之机警地意识到斗争已到最后时刻。他秘密召集大家商决，抓紧时机，越狱出去。张培之摸清了敌人的岗哨布置情况和活动规律，选定伪警备队东墙下大水沟为突破点。

一天清晨，张培之趁敌夜哨与白哨换岗的空隙，发出行动的命令，争取生存的最后时刻到了，其他人按原定地点越狱，他来断后。同伴们撬开监狱的木门，顺墙根向北悄悄摸去。水沟很窄，勉强能钻出一个人。刚一露面，就被敌人发觉了。顿时枪声密集，喊声嘈杂响成一片，逃出的人员很快被追截了回来。

越狱未成。当天下午，张培之等人被押赴刑场。面对敌人的枪口，他们毫不畏惧，从容就义。

7. 杨忠血洒鲁北

他辗转鲁北，坚持鲁北反扫荡战争，在战士和群众中具有高度的威望，对鲁北根据地之创造贡献无量，功勋无数。1941年10月，第一一五师政治部在向总政治部报告的电文中说，杨忠的牺牲，不仅是我党我军的损失，也是国家民族的损失……

杨忠，原名欧阳吉善，江西省安福县金田乡南江村人。1909年出生在一个贫苦家庭，杨忠少年时代就受到党的影响，曾亲手处决了3个恶霸地主。1930年，杨忠率领20多名青年参加红军。同年5月，他光荣加入中国共产党。不久，他来到瑞金，在部队里负责宣传工作。由于文化程度低，杨忠连标语都写不好，为此，他发奋苦学，不仅很快就能够熟练地阅读文件，还写得一手好字。

1934年10月，杨忠随红三军团参加了长征。平型关战役后，第一一五师在晋察冀边区休整，他担任民兵工作团团长，带领工作团成员在附近几个县开展群众工作，动员了四五千名青年入伍。

从瑞金走出来的杨忠身经百战，勇敢沉着。一次部队休整期间，日军飞机轰炸，当时杨忠正在写信，一颗炮弹落在院子里炸开，震得屋顶灰土直落。杨忠掸去纸上的尘土，泰然自若地写完信交给通信员，然后才不慌不忙地收拾行装转移。

抗战初期，日军为隔断冀鲁边区和清河区部队的联系，沿黄河一带增筑了大批据点、岗楼，驻扎重兵加强封锁。

1940年冬天，中共山东分局和第一一五师指挥部决定打通两区的联系，使两个根据地连成一片。

1941年7月，身为第一一五师教导第六旅政治部主任的杨忠率领十七团一营、三营及政治部机关之人南下。9月，部队行进到了惠民县辛店镇徒骇河畔的夹河村一带，再进一步就可过黄河与南岸的清河军区接头。

看到八路军大胆突破，日军非常恐慌。日军调集济南、德州等地日伪军2000多人，汽车50辆，迫击炮20余门，偷偷包围了政治部机关、一营驻地夹河村和三营驻地陈牛庄。

面对日伪军的疯狂夹击，全体指战员奋勇反击，连续突破日伪军的三层包围。突围时，机枪手中弹牺牲，杨忠拿过机枪就向敌人一顿猛扫，一下撂倒了十几个日兵，掩护队伍冲出。

杨忠突围至陈牛庄时，三营已经转移，他在撤离途中又遭遇日军阻击，不幸中弹牺牲。

8. 红色交通员王壮基

"就是牺牲我自己，也决不让密电码落到敌人手里，我一定把密电码送到。"这不单单是一句承诺重于泰山的铮铮誓言，更是王壮基用生命和鲜血兑现的革命诺言。

1940年冬，根据山东分局和第一一五师关于开辟鲁北、打通与清河区联系的指示，冀鲁边区主力部队准备南下。但黄河两岸有日军重兵封锁，且有国民党鲁北保安司令刘景良所部数股顽军据守这一带，打通与清河区的联系困难很大。边区领导决定先派人去联系，并以教导六旅的名义给驻清河区的八路军山东纵队三旅写了一封信，要第二分区领导派一可靠的秘密交通员，将信送过黄河，交给山东纵队三旅副旅长杨国夫。这是一个非常艰巨危险的任务，要穿过惠民等好几个县的敌占区，步行数百里，经过几十处关卡，艰难险阻，困难重重，万一被敌人查住，牺牲性命不说，党的战略机密就会泄露。事关重大，举足轻重，第二分区领导再三斟酌，最后将这一艰巨重要任务交给了长期在黄河沿岸活动，熟悉地形、敌情的商河县地下党负责人、小学教员王壮基。

王壮基欣然接受任务。他把密信藏在夹袄的棉絮里，顺利地送到了杨国夫手中。十几天后，带着杨国夫的复信，王壮基安全抵达冀鲁边区。冀鲁边区党委研究了复信，决定派王壮基再渡黄河，把边区的电报密码送到清河区，以便两区保持空中通信联络。

王壮基临行前，边区首长把密码交给他，并郑重地叮嘱他，这是一项绝对机密的任务，不准泄露给任何人。要把密码亲手交给杨国夫旅长，遇到危急情况时，首先把密码销毁。

半个月后，冀鲁边区收到了清河区的电报，并立即回了电，两区之间有了"永不消逝的电波"。然而，王壮基却没有回到边区，他牺牲在了返回边区的路途中。

当时，完成任务后，王壮基带着杨国夫的密件，冒着纷纷扬扬的雪花，匆匆返程。临近黄河渡口，他见到日军在河滩设下哨卡，严格盘查过往行人。王壮基不慌不忙地迎着日军走去，摘下礼帽，朝着敌人弯弯腰，顺手将几张钞票递过去。日军见来人如此"懂事"，在他身上胡乱捏了一下就放行了。

虽闯过第一关，但也不可掉以轻心，对岸滩头上还有敌人的哨卡，他必须小心行事。渡船停稳后，王壮基想如法炮制，但盘查的伪军一下将钞票打掉，嘟囔着嫌太少。王壮基又赶紧把金表递上去，说家里有老人病重，急需探望。伪军一把抢过金表，仍在王壮基身上乱捏乱摸。突然，一个伪军捏到了王壮基衣服夹层里面好像有纸片一样的东西，立刻叫人把他带走，说他可疑，衣服里面有东西，拆开看看。

王壮基见事情败露，立刻掏出匕首朝两个伪兵刺去，对方猝不及防，双双被刺中倒地，王壮基夺路便逃。一边是陡立的大堤，一边是滔滔黄河水，他只能在宽阔的河滩上朝前猛奔。

突然，王壮基感到右腿一阵钻心的疼痛，腿一软，栽倒在地。他挣扎着坐起来，撩开棉袍一看，只见大腿已被子弹打穿，鲜血顺着裤脚往外流。

伪军的喊叫声越来越近，王壮基只有一个念头：决不能让密件落入敌人手中。他迅速从棉袍衣襟里抽出密件，团起来塞进嘴里，使劲嚼了几下，便往肚里咽。谁知因为刚才跑得太急，喉干舌燥，纸张怎么也咽不下去。

该怎么办？他用手使劲在地上刨了几下，但黄土冻得硬邦邦的，一时不可能刨出个坑来。伪军渐渐逼近跟前，情况十分危急。他看了看腿上的枪眼，背转身子，把牙一咬，将纸团狠命朝伤口里一塞，不久便疼得昏迷过去……

清醒后，王壮基发现自己已经在伪军的牢房里了。伪军把他吊起来拷打，要他说出机密。他咬紧牙关，不说一字。连续遭受了两天两夜的严刑审讯，王壮基的四肢全被打断，他仍然守口如瓶。伪军无计可施，将王壮基拖到黄河岸边杀害。

临刑前，王壮基将自己的被捕经过告诉了同狱的一位战友，还要战友转告党组织，他已经完成任务，虽死无憾。战友们在黄河岸边找到了他的遗体，发现密件还深深地藏在他的伤口里。

9. 傅文彩鲜血为国流

1941年秋天，日伪开始对我清河区进行第三次"治安强化"运动，位于小清河畔的八路军广北抗日根据地形势急转直下。冬天即将来临，干部战士的棉衣还没有着落。

一天深夜，一名八路军干部带着一名警卫员闪进了寿光县巨淀湖畔的一所宅院。油灯下，八路军干部为了给部队筹集棉衣，正在动员他的母亲卖自家土地。这名八路军干部就是傅文彩。

傅文彩，1918年出生在寿光县台头镇傅家茅坨一个富裕农民家庭。自小聪慧好学，1935年考入寿光县丰城高级小学。傅文彩毕业后，跟随以小学教员身份为掩护的赵寄舟开展抗日活动。1938年，光荣加入中国共产党。不久，担任寿光县第六区动委会主任。傅文彩搞情报、征粮草，奇袭丰城杀敌，夜间拆除公路桥，偷割日伪电话线，发展地方武装，振奋群众斗志。

1941年，傅文彩被选派到鲁南抗大一分校学习，在学校，他如饥似渴地学习党的政策和敌后游击战术。经过半年军事生活和严格的军事训练，傅文彩成长为一名优秀的地方干部和合格的军事指挥员。同年8月,化名"李润生"的傅文彩被清河区党委派到广北工作,先后担任广北第八区区中队指导员、第九区区委书记。在广北,他起早贪黑,走村串户,宣传党的抗日主张,帮助各村建立农救会、妇救会和青年抗日先锋队。就是这一年秋天,为了筹集抗日经费,给军区直属团筹集过冬棉衣,他回家动员家人变卖田产,为开辟清水泊和广北抗日根据地做出了重大贡献。

1942年3月的一天晚上,为应对日军"扫荡",傅文彩在广北第九区西营村召集村干部开会,不料被伪十六旅成建基部的特务队逮捕,然后被押至成建基老巢三里庄。面对敌人的严刑拷打和审讯,傅文彩义正词严、大义凛然、视死如归,大骂汉奸、卖国贼。惨无人道的成建基,像一只被激红眼的野兽,狂吼要割掉傅文彩的舌头。

面对这群败类,被割掉舌头的傅文彩仍怒目圆睁,仇视着成建基和行刑的刽子手。杀人无数的成建基急令刽子手挖掉傅文彩的两只眼睛,然后将浑身是血的傅文彩活埋了。

10. 赤胆忠魂朱剑秋

朱剑秋,潍坊市滨海开发区大家洼镇石桥村人。他生于农民家庭,9岁入私塾读书,16岁辍学务农。1933年,朱剑秋加入了中国共产党。

1938年冬,朱剑秋回到寿光后担任了九区区委书记。区政府成立后,又兼任区长。日伪军和土顽的双重夹击,朱剑秋带领该区的党政人员同敌人展开了针锋相对的艰苦斗争。1939年春，土顽国民党山东省保安第十五旅旅长张景月带领数百人到石桥村。其政治部主任王念根与朱剑秋早已相识，便来到朱剑秋家，让剑秋的妻子劝他别干八路了。张景月撤离石桥村时，王念根又送了一封信到朱剑秋家。当妻子把信交给朱剑秋时，他看也未看，立刻撕得粉碎，说他们走的不是一条路。

1939年秋，张景月又派副官朱玉生带领200人来到石桥，以同宗关系拉拢劝降朱剑秋。朱剑秋与区委研究认为，这是智取敌人的好机会。他一面亲自出面应付敌人，一面安排区委武装人员，将驻周疃的保安队杨武道部的30支枪及1000发子弹全部缴获。朱玉生劝降不成反而被缴了枪支，张景月听后恼羞成怒，马上指令海防大队长杨盛三捕杀朱剑秋。

1939年冬，杨盛三派他的中队长王杰三带队执行这一任务。王杰三是太平村人，早已与朱剑秋相识，朱剑秋了解他有强烈的爱国之心，决定争取他参加八路军。当王杰三到石桥村去执行任务时，朱剑秋不顾个人安危，深入敌营，只身约见王杰三。王杰三在朱剑秋的开导下幡然悔悟。不久，他便率领30多人投奔朱剑秋，并被任命为海防营营长。

张景月赔了夫人又折兵，心中更加恼怒，1940年张景月部下杨盛三与日军配合，把朱剑秋家房屋全部烧毁。

1940年秋，朱剑秋调任博兴县县长，率领全县军民转战于清河平原，多次粉碎日军的"治安强化运动"。经费困难时，朱剑秋回家把赖以糊口的祖传田地出卖，以筹措经费。亲属与乡亲劝其不能卖地时，他说，工作需要钱，先把地卖掉再说吧。

1942 年 3 月，在博兴五区东郑王庄与日伪军作战中，朱剑秋壮烈牺牲，时年 41 岁。

11. 韩子衡宁死不当俘虏

抗日战争时期，在高苑县境内曾发生了一场激烈而悲壮的战斗：八路军的一个连打退了日伪军的数次围攻，毙敌 180 余人。最后终因众寡悬殊，除极少数人突围外，其余战士全部壮烈牺牲。部队指挥员也身负重伤，壮烈自尽。这名指挥员，便是八路军山东渤海军区清西军分区参谋长韩子衡。

韩子衡，1906 年出生于高苑县的一个农民家庭，1930 年毕业于长山中学。1937 年，全面抗战爆发后，他把家乡爱国青年组织起来，走上街头、集市，宣传抗日，揭露日本侵略者的暴行。之后，他被上级任命为长山县六区区长兼中队长。为了发动群众抗击日军、保家卫国，韩子衡成立了武装自卫团，并在全区各村建立抗日团体联庄会。1938 年 1 月，韩子衡带领数十名联庄会成员配合八路军山东人民抗日救国军第五军在小清河两岸伏击了日军一艘汽艇。小清河伏击战后，韩子衡以区中队为基础，广泛发动群众，队伍发展迅速。不久，韩子衡率部参加了八路军山东人民抗日游击第三支队。1938 年 10 月，韩子衡光荣地加入中国共产党。

1940 年年初，韩子衡率部到小清河北开辟抗日根据地。随后，他与战友们在南寺庄村发动群众，宣传抗日。日军闻讯后，乘汽车前来袭击。韩子衡指挥部队与日军激战一天，毙伤日伪军数十人。傍晚，率部安全转移。

1943 年 1 月，日伪军 5000 余人"铁壁合围"清西地区。这时，担任清西军分区参谋长的韩子衡正带领九连战士驻扎在樊林村。15 日凌晨，部队转移到庙子村时，突然遭到了数倍之敌的包围，韩子衡亲自指挥战士们用手榴弹炸开一条血路，突破了敌围。不久后，在大王家村南的开阔地一带，部队又被四面聚拢而来的日伪军合围。机枪的射击声，炮弹的爆炸声，响成一片。韩子衡大声地号召部队：有一口气也要同日寇拼到底，剩下一个人也要冲出去！韩子衡和九连战士们打退了敌人一次又一次的进攻。

激战中，韩子衡先是大腿两处受伤，接着左肩中弹，腰部挂花，但他仍坚持指挥战斗。后因流血不止，摔倒在战场上。这时，几个战士围了过来，想背着他走，韩子衡知道自己不行了，不想牵累大家。这时，周围的敌人也号叫着围了上来，韩子衡用枪对准了自己的太阳穴，扣动了扳机……

为了中华民族的解放事业，韩子衡献出了自己宝贵的生命，这一年他只有 37 岁。

12. 余志远自尽殉国

"生前不能孝父母，死后鲜血为国流。嘱我抗日众同志，踏我血迹报国仇！"这是乐陵县县长余志远牺牲前在墙壁上用鲜血写下的诗句。

余志远，原名张汉卿，1917 年出生在乐陵县杨家乡邸家

余志远

村一个农民家庭。小时候，家中经济困难，经常受地主的压迫和欺侮。

10岁时，父亲想让他跟自己学医。但他看到父亲行了半辈子医，家里还是受地主欺负，便坚决要求上学读书。1931年，考入县立高级小学。

1936年6月，毕业后的余志远来到黄夹镇张牌村县立初级小学任校长。每月薪水16个大洋，生活条件比较舒适，但他并没有因此而感到快慰。相反，他感到自己有责任为挽救民族危亡奉献终身。

1937年抗日战争全面爆发后，余志远投笔从戎，参加了杜步舟的抗日救国军第六团。1938年夏，任乐陵七区民众动员委员会主任。为了加强抗日根据地建设，抗击日军的"扫荡"，他起早贪黑，走村串户，宣传党的《抗日救国十大纲领》，帮助各村组建抗日自卫队。同年9月，加入中国共产党，11月中旬任七区区长兼动员委员会主任，改名余志远。1941年1月，余志远任乐陵县抗日民主政府县长兼县大队大队长，率领县机关和县大队，到乐陵、宁津边境一带开展游击活动。他以身作则，严格要求自己，1942年年底被行署评为"模范县长"。

1943年2月，日军采用远地奔袭战术，对乐陵县进行空前规模的"扫荡"。余志远指挥县大队，利用纵横相连的道沟做掩护，巧妙地迂回到敌人包围圈外面，部队没有受到大的损失。

4月上旬，日军纠集大批兵力，又对鬲津河以南乐陵县独立营经常活动的县城西北部丛林地区进行了一次"铁壁合围"。乐陵县委代理书记陈华亭、县长余志远、县独立营教导员杨文启带领县委、县政府和县独立营在转移中被敌人发现，遭到追击，在杨店村附近交火。干部、战士们冒着敌人凶猛炮火，边打边撤，撤进邢官庄，分散隐蔽到群众家中。日军包围了村子，双方展开了激烈的巷战。战士们三五人一组，利用民房做掩护，充分发挥步枪和手榴弹的威力，大量杀伤敌人。但终因敌众我寡，杨文启和不少战士都壮烈牺牲，陈华亭等干部、战士被捕。在激烈战斗中，余志远和几个战士被包围在一个院落的北屋内。

日伪军端着枪，边打边往屋内冲，子弹射在屋内，打在北墙上。几个战士相继牺牲，屋内只剩下余志远和通信员了。他数了数剩下的子弹，把自己身上带的文件和笔记本烧掉。而后，他握紧手枪蹲在锅台上，两眼怒视着门口。日伪军又冲进院内，余志远紧咬牙关，三枪打死三个，吓得后面的日伪军退了回去。

日伪军扒开房顶，举着手榴弹威逼他投降，不断喊话。

此时，余志远只剩下一颗子弹，无力再继续战斗下去。余志远咬破手指，用鲜血在墙上写下绝命诗，然后举枪自尽殉国。

13. 侯登山勇炸敌堡

在清河平原的抗日战场上，有一位董存瑞式的抗战英雄，他叫侯登山。

侯登山，1919年生于博兴县，1940年参加八路军，在清河军区直属团当战士。入伍一年后，侯登山当了班长，被选送到军区爆破训练队接受培训，后担任爆破队队长。

1943年5月下旬，清河军区在"反敌蚕食，保卫麦收"的斗争中，首先发起了拔掉敌人三里庄据点的战斗。三里庄位于垦利、广饶、博兴、蒲台四县交界处，是进出垦区根据地的咽喉要地，也是距根据地最近的敌人据点。

早在1941年，与日军暗中勾结的当地土顽司令成建基在这里聚集了800多人的队伍，筑工事、修据点。在三里庄周围，成建基部挖了两道深5米、宽3米的壕沟，架设了两道铁丝网，后又修建了高6米、宽3米的双层围墙，并在围墙四周各修了炮楼，形成了交叉火力。

战斗的突破口选在了三里庄东侧，由清河军区直属团二营担任主攻。根据该据点工事坚固的特点，直属团决定加强爆破力量。

爆破队长侯登山向团长郑大林主动请缨。就这样，侯登山来到担任突击任务的二营五连。

5月28日晚，战斗打响。直属团从四面八方一齐向据点进攻。霎时，三里庄如同点着的炸药库，枪炮声轰鸣，火光冲天。

突击连在连长王子玉的率领下，冒着枪林弹雨，先砍断敌人的铁丝网，扫清了据点外围敌人的两道障碍。但正当爆破组向围墙接近，准备实施爆破的时候，敌人发现了直属团的主攻方向，立即加强了三里庄东围墙的火力。爆破组遇到了敌人的疯狂阻击，实施爆破的两位队员还没有接近围墙，就相继牺牲了。

身负重伤的第五连副连长徐纪温带爆破组躲避着敌人的火力，艰难地向围墙接近，实施第二次爆破。令人遗憾的是，这次爆破威力太小，围墙未能炸开，徐纪温英勇牺牲。

此时已是29日凌晨3点钟，军区司令员杨国夫和刘其人副政委决定，如天亮前攻不开三里庄，必须暂时撤出战斗。五连连长王子玉和指导员程武志接到命令后心急如焚。在这关键时刻，爆破队队长侯登山站了起来，自告奋勇。

全连仅剩两包炸药了，又来不及找到较长的支撑杆子，形势极为严峻。侯登山深知这两包炸药能否发挥威力关系重大。

敌人的子弹、手榴弹从围墙上往下倾泻。经第五连一阵猛打，正面敌人的火力总算被压了下去，但两侧敌人的火力还在交叉射击。侯登山夹着两包四五十斤重的炸药，在枪林弹雨中匍匐前进。

在全连火力的掩护下，侯登山接近围墙，一跃冲到墙脚下敌人的射击死角。他敏捷地拔出刀子，在墙壁上挖窝。由于围墙土质坚硬，侯登山挖了一阵，还是放不下炸药包。时间一秒一秒地过去，侯登山心急如焚，他知道，每耽误一分钟，就将给部队的进攻带来一分危险。为了在天亮前打开三里庄据点，他毅然把炸药包放到胸前，紧紧抵在围墙上，一只手死死抠住挖出的壁洞，一只手用力拉着了导火索。

随着轰的一声巨响，围墙被炸开了一个大豁口。广大指战员高喊着"为侯登山同志报仇"的口号，沿着侯登山用身躯开辟的通路，奋勇冲进了敌据点，经过一番血战，解放了三里庄。

14. 牟兰美视死如归

1925 年，滨州市博兴县龙河村牟振诺家里传来一阵嘹亮的哭声，牟兰美出生了。

牟兰美的父亲牟振诺早些年参加革命，曾担任龙河村的抗日自卫团团长。1943 年冬天，牟振诺被驻守在湖滨安家庄的汉奸周胜芳抓去，后被押到湖滨的安柴，用铡刀铡成三段。牟振诺壮烈牺牲。

当时，牟兰美只有 18 岁。亲眼看到父亲被敌人残忍杀害，牟兰美牢牢记住了这血海深仇，决心跟着共产党干革命，为父亲报仇。她和母亲在村妇救会的领导下，积极纺线、织布、做军鞋，拥军优属，支援前线。这一年，牟兰美担任了龙河村妇救会主任。

1944 年，牟兰美与本地有志青年鲍友利相爱并结婚。还没过上半年的新婚日子，牟兰美就积极带头动员鲍友利参了军，跟随部队作战，抵御外寇。而牟兰美也于 1946 年 3 月报名参加了县里组织的拥军拥政宣传队，并被分配到本县小清河南的寨郝乡一带工作。牟兰美对革命工作始终充满着热情，她走乡串村，积极发动群众。在她的努力下，寨郝乡的革命工作开展得轰轰烈烈，群众革命热情十分高涨。

小清河南寨郝一带抗战时期一直被日军和国民党土顽头子周胜芳盘踞。日本投降后，周胜芳率部逃往张店，但他经常派人到这一带捣乱破坏搞刺杀。牟兰美的活动引起了周胜芳的注意，他派人盯梢跟踪，千方百计要抓她。

1946年3月20日晚上，牟兰美正在寨郝乡后东门村妇救会主任家的小东屋里研究工作，突然被得了消息的周胜芳部包围。特务一边开枪，一边疯狂地喊叫，让牟兰美快出来投降。

牟兰美勇敢地带领大家向周胜芳部匪特还击，但因子弹打光，寡不敌众，还是被抓了。匪特对她进行了严刑拷打，逼问党的机密情报，要她说出其他工作队员的姓名、住处。她只是一个劲儿地说"不知道"。敌人用砍头威胁，把她的发髻连头皮砍下来，鲜血顺着她的脖子往下淌。她忍住疼痛，咬紧牙关，一个字也不讲。

惨无人道的匪特又残暴地把牟兰美的两个乳房全割下来。她当场昏厥过去。醒来后，敌人继续逼问她，她怒视着敌人，什么也不讲。面对凶恶的敌人，牟兰美丝毫没被吓倒。她坚守着革命信念，抱定一个念头：誓死不投降！

最后，敌人黔驴技穷，气急败坏地把牟兰美杀害了。这一年，她才21岁，正值青春花季。

牟兰美牺牲的消息传到她的家乡龙河村后，群众悲痛万分。晚上他们冒着生命危险，把她的遗体偷运回来，村党支部和农救会把她装殓起来埋葬了。

同年10月，牟兰美的丈夫鲍友利也英勇牺牲。

15. 坚贞不屈的妇救会会长李臣

沾化县泊头乡官庄村东的烈士墓地里，竖立着一座纪念碑，碑上镌刻着"革命烈士永垂不朽"八个大字。这是官庄村群众为纪念本村为国捐躯的亲人而建立的。长眠于此的先烈中，有一位普通农村妇女，她就是官庄村妇救会会长李臣。

李臣，原籍河北省盐山县人，1904年出生在一个贫苦农民家庭。丈夫靠烧窑谋生。日本侵略军侵占盐山以后，到处烧杀抢掠。地方上匪盗横行，民不聊生。李臣夫妇生有7个孩子，难以维持生活。他们只好留下3个大点儿的孩子，带着4个儿女外出逃荒要饭，1943年流落到沾化县南部的官庄村。这里虽然荒凉，但野菜、荒草遍地，他们便在这里住了下来。

抗日战争时期，沾南一带是八路军的游击区，县妇救会会长陈震和区妇女干部赵光、黄士军等经常到这一带活动，就住在李臣家里。在她们的教育和帮助下，李臣懂得了一些革命道理，后担任本村的抗日妇女救国会会长。

为了掩护工作干部，她在村外荒草野地里挖了几个地窖，上面覆盖着蒿草做伪装。遇到日军"扫荡"或其他危险情况，她就把同志们藏在地窖里，自己和孩子轮流在外边警戒，送水送饭，从未暴露过目标。有一次，县妇救会会长陈震的母亲带着陈震的小儿子寄居在李臣家，一住就是半年多。陈震的小儿子和李臣的小女儿都还小，需要吃奶，李臣总是先给陈震的孩子喂奶，自己的小女儿则在一旁饿得哇哇直哭。后来，陈震儿子咿呀学语，第一声"娘"叫的就是李臣。

一次，伪军挨家挨户地找八路军的孩子，想利用孩子逼出八路军战士。得知消息的李臣急匆匆往家赶，在离家门口不远的草垛边见到了来寻自己的女儿。李臣焦急地问："你弟弟呢？"女儿忙说："听说日本人要找孩子，俺把弟弟藏进家里的粮囤里就跑出来找你了。"李臣怕路上遇上伪军，便把女儿藏进草垛里，嘱咐女儿一定不要出声。李臣女儿哭着说："娘，要是我被发现了咋办？"李臣安慰女儿道："娘的孩子最勇敢，你等着娘，娘一定回来找你，娘一定回来！"李臣含泪舍下自己女儿，匆匆跑回家中找到陈震的孩子，带他躲进破草屋里，藏了起来。还好，敌人"扫荡"无果后离开了。李臣赶忙再去寻女儿，又饥又饿、恐吓过度的女儿已在草垛里昏睡了过去。李臣背着女儿回到家中："孩啊，娘对不起你呀，以后娘天天陪着你，不让你害怕，多给你做好吃的，不让你挨饿。"认识她的八路军战士们深受感动，亲切地称呼她"乳娘李臣"。

1944年7月，沾化南部解放了。李臣怀着无比喜悦的心情积极工作，和其他村干部一起，发动官庄农民减租减息，组织妇救会做军鞋，帮助抗日军人家属生产，开荒种地搞生产。

1945年，李臣加入了中国共产党，任党小组长、代理村支部书记，领导官庄村群众完成了支前、生产任务。1946年，国民党军队大举进攻解放区，并派遣武装特务等潜入解放区内进行破坏、暗杀活动。党和政府把各村青壮年组织起来，建立"联防"，剿匪反特。同时，也把李臣等目标大的党员、积极分子转移到安全地点。

沾化县和滨县的"还乡团"头子乔殿臣和耿希圣，时常出没于官庄一带。7月14日傍晚，李臣因事摸回官庄，住在家里。因叛徒告密，半夜时分，几个武装匪徒，撞开李臣家大门，闯入李臣住宅，用枪威逼着她全家人。李臣平静地说："别动他们，我跟你们走！"

匪徒们用枪托打、用皮鞭抽、用烙铁烫，残忍地折磨她，逼问："谁是党员？谁是干部、积极分子？他们住在哪里？"还欺骗她说，只要说了就可放她回家。李臣被折磨得遍体鳞伤，死去活来，但她始终坚贞不屈，守口如瓶，回答只有三个字：不知道。匪首乔殿臣、耿希圣见从她身上一无所获，便于拂晓时分把她拖到村东树林里枪杀了，把尸体扔到井内。

为了严守党的机密，42岁的李臣献出了宝贵的生命。官庄人民经常在井边讲述李臣的英勇事迹。

16. 刘胡兰式的女英雄吴洪英

"生的伟大，死的光荣"是毛泽东主席为刘胡兰烈士亲笔写下的题词。在刘胡兰牺牲半年前，山东惠民一个普通的农村妇女吴洪英与刘胡兰一样宁死不屈，最后被敌人用铡刀铡死，惨烈牺牲。

吴洪英出生在惠民县何坊乡王家湾一个普通的农民家庭，父亲吴振元、兄长吴洪杨，都是勤劳、朴实的农民。青少年时期，吴洪英勤劳能干，参加田间劳动，18岁那年嫁给牛茁村一个普通庄稼汉牛连奎。虽然在穷乡僻壤长大，从未念过书，但她具有忠贞刚毅、威武不屈的气节。一个偶然的机会，吴洪英发现丈夫拥有一个特殊的身份。从此，她的命运彻底发生了改变。

吴洪英的丈夫牛连奎，1938年加入中国共产党，在自己的家乡建立了秘密联络站，负责为冀鲁边抗日根据地搜集情报和传递文件。为了保守党的机密，牛连奎上不告父母，下不传妻子，但他可疑的行为还引起了吴洪英的注意。在丈夫牛连奎的开导与影响之下，吴洪英逐渐明白了抗日救国的道理，不但理解丈夫，还主动支持、帮助丈夫完成上级交给的任务。在革命思想的熏陶下，吴洪英从一个农村家庭妇女逐渐成长为一名革命战士，并且加入了中国共产党。

解放战争爆发后，惠民县牛茁村一带成为国民党"还乡团"活跃的地区。牛连奎受党的指示，公开了自己的身份，组织了一个由十几个村庄参加的联防队，担任了指导员。吴洪英也积极参加革命活动，动员广大妇女参加妇救会、秧歌队，带领群众斗地主、反恶霸、分田分地，使当地的群众运动开展得轰轰烈烈。

由于吴洪英和她丈夫都从事革命工作，所以敌人对他们恨之入骨，挖空心思地寻找机会要进行报复。1946年8月，以特务头子牛子明为首的"还乡团"包围了牛茁村。情况万分危急，在吴

吴洪英画像

洪英的掩护下，多数人员都脱险了，但是吴洪英不幸被捕。

"还乡团"把全村男女老少都赶到村中间一个池塘边，周围架起机枪。凶恶的敌人把吴洪英吊到一棵大树上，用鞭子抽，用棍子打，用枪托顶，逼她说出谁是村干部，谁是儿童团，谁参加了秧歌队。吴洪英横眉冷对，每次都斩钉截铁地回答"不知道"。敌人疯狂抽打吴洪英，打得她遍体鳞伤，浑身是血，在场的群众无不心痛落泪。

穷凶极恶的敌人搬出一口铡刀威胁吴洪英。吴洪英还是昂首挺胸坚定地回答不知道。罪恶的铡刀被按了下去，全村群众掩面而泣，泪如雨下。吴洪英牺牲时年仅 35 岁。

17. 一门五烈士

在邹平青阳镇东窝陀村，孕育了一个光荣的革命家庭，这个家庭走出了五位英雄，他们为民族独立和解放事业英勇战斗，壮烈牺牲。

赵绍九是这个家庭参加抗日活动的发起人。赵绍九，名承舜，出生在一个贫苦的农民家庭，兄弟五人，排行第五。大哥、二哥早故，三哥、四哥为人忠厚。因他见多识广，性情耿直，所以家中大事都由他做主，全家都很敬重他。

卢沟桥事变爆发后，赵绍九毅然参加了共产党领导的抗日活动，并在"民先"组织中担任民运股长。

1938 年冬至 1939 年春，为宣传抗日，赵绍九在耿家庄建了长白山抗日小学。学校办得很红火，扩大了抗日影响，邹长办事处在一封传阅的公函中，通报表扬说这种宣传方式是独树一帜的。

1939 年，赵绍九被批准加入党组织。按照组织指示，赵绍九以"农会"的名义积极开展工作。随着抗日形势的发展，组织上决定以二区的中共党员为骨干成立游击组，由赵绍九、张香坡负责串联。

3 月，八路军主力部队进驻邹平二区陈家庄，委派赵绍九和张香坡向各村富户征收抗日捐。不料，地主秘密向土顽国民党山东省保安第十一旅旅长张景南告了状。4 月 3 日，赵绍九去徐家庄赶集，在集上碰到保安第十一旅六团熟人王兆义。平日里，王兆义很敬重赵绍九，那天却一反常态，冲着赵绍九劈头就打，原来土顽六团早在集上埋伏好了。他们把赵绍九绑到了刘家村，关在猪圈里。赵绍九趁看守不注意，挣脱绳索，逃到刘家村一个亲戚家，后又被抓回。

赵绍九被捕后，遭到了土顽的严刑拷打，他们先用鞭子抽，后用烙铁烙。赵绍九嘴唇、胸部都被烙烂，但他始终没有向土顽透露一点儿党的信息。气急败坏的土顽将他带到西董，活埋在一个坑里。赵绍九就义前大骂国民党土顽，惨绝人寰的土顽边埋边用铁锹铲赵绍九的脑袋。

赵绍九就义后，其小辈怀菊、怀枢、怀宣等人身怀国恨家仇，继承长辈遗志，相继参加革命。

赵怀菊，赵绍九四哥次子，1913 年生，1940 年入伍。1942 年春，赵怀菊调任交通机要员，一次送信途中陷入敌人埋伏圈，被敌人一个连包围。敌人知道赵怀菊携带情报，就想抓活的。赵怀菊一看不好，就立马撕毁公款，吞食了密件，然后与敌人展开激战。子弹打光后，他把手枪砸烂，拉响了压在胸腔下面的最后一颗手榴弹。伪连长跑上来一看，钱毁、枪烂、人亡，什么也没捞到，气急败坏地朝他的遗体连打了数枪。

赵怀枢，赵绍九四哥的长子，是东窝陀村第一任党支部书记。1942年10月，张永忠带三连到二乡执行任务，赵怀枢负责筹集给养。土顽十一旅得知八路军进驻二乡后，连夜动用一个团的兵力，包围了南陈、化庄和东窝陀。赵怀枢藏到邻居家的井里。这口井里有个洞，藏过游击队的人。这次土顽死死盯上了这口井，土顽一边喊话一边向井里打枪、扔手榴弹。赵怀枢不出来，土顽就把柴火点燃了扔进井里，赵怀枢被活活地呛死在了井里。

赵怀宣，赵绍九次子，1914年生，1940年入伍。曾任八路军清河军区清西二团二营副连长。1942年冬，赵怀宣去机枪训练队学习，遇到日军冬季大"扫荡"。训练队掩护军分区机关突围，赵怀宣冲出来后发现一位首长未出来，就又冲进了包围圈。他把机枪架在碾盘上，打退了日军多次进攻。子弹打光后，他把机枪摔碎，最后壮烈牺牲。

一家中有三人为国捐躯，这并没有把其他家人吓倒，赵绍九大哥的儿子赵怀善、赵怀桐和赵绍九的五子赵怀伍也先后参加了革命。

赵怀善于1943年在明家集与土顽十一旅六团作战时英勇牺牲，年仅17岁。赵怀桐1950年在云南蒙自剿匪时遭敌人埋伏而牺牲。

18. 刘天祥血战金门

1949年10月26日，金门岛古宁头村，在解放军二五一团指挥所里，一个平日里钢铁一般的鲁北汉子流下了眼泪："我自己牺牲了不要紧，没有完成党中央交给我的光荣任务，太对不起组织对自己的培养和信任了。"这个鲁北汉子，就是血战金门、血洒台北的解放军团长刘天祥。

刘天祥1919年生于山东省无棣县一个农民家中。1936年秋在无棣县立师范读书时，受中共地下党组织的影响，学习了一些马列主义和革命道理。1937年秋由于书业、于梅先介绍加入中国共产党。1938年春，19岁的刘天祥在庆云、盐山的城镇乡村里进行游击活动，1943年已是商惠独立营营长了。

1945年11月，在攻克平原城和火车站战斗中，刘天祥营的任务是爆破、攻占南城门，待平原城全部解决后，集中力量全歼日军。14日凌晨4时，刘天祥、张钦营长和渤海军区政治部敌工部长符浩，带着日本反战同盟的同志对日军喊话，但敌人凭借车站房和车厢皮作工事负隅顽抗。激战6个小时后，日军八中队全被歼灭。刘天祥营冲在最前面，活捉日军50多人，缴获歪把子机枪6挺，大盖枪80多支，子弹5万多发。

1946年1月，刘天祥升任十一团副团长。在渤海军区主力围攻禹城西站时，刘天祥协同朱耀华团长、杨爱华政委率领部队抢占了禹城西南面的沟壕，封锁阻击敌人，激战一天一夜。次日凌晨，围歼日军山谷大队，打死打伤日军200余人。刘天祥率部缴获机枪6挺，步枪200多支。13日夜，刘天祥又率一营攻入梅花村据点，歼灭伪军300多人。军区首长打来电话予以表扬。

1949年，组织上准备在金门战斗后任命刘天祥为八十四师副师长。刘天祥也和他的未婚妻约好，待解放金门后用胜利来祝贺新婚。

当时，部队船少，无海战经验，但大家仍为胜利而激动，纷纷要求乘胜追击敌人。3个团10个营的兵力从琼林、古宁头仓促登船，刘天祥率二五一团由莲河村南的海边登船向金门进发。天气良好、风平浪静，进攻部队进展顺利，经短暂战斗就登陆成功，占领了垄口、后沙、琼林十字路，攻下双乳山，俘敌12000余人。但3个团10个营冲上去后，适逢落潮，船只搁浅在海滩上，必须等下次涨潮才能开动，致使后续部队无法接应。敌人趁机派飞机、大炮将搁浅船只炸烂。

当天，敌军共6万余人前来增援，在30多辆水陆两用坦克掩护下向部队反扑。敌众我寡，后援部队无望，弹药不足，刘天祥团被打散为两段。10月26日，孙云秀副师长和各团领导干部召开紧急作战会议，认为形势严重，有全军覆没的危险，决定"守东攻西"，分三路向金门城东关进攻。但敌人越打越多，战士们浴血奋战，伤亡惨重，弹尽援绝。27日午后，敌人坦克滚压过来，刘天祥被轧断腿，昏迷后被俘。

敌人将刘天祥押到台北，用尽一切卑劣手段威胁利诱。刘天祥坚贞不渝，毫不动摇。敌人无计可施，最后将刘天祥杀害。

（二）患难与共

渤海区人民用小车推出了革命，用心血养育了革命，用生命保卫了革命，书写了一段党政军民相互依托、提携奋斗、同生死、共患难的革命斗争史。渤海革命老区素有拥军优属、拥政爱民的光荣传统。他们舍小家顾大家，形成了军爱民、民拥军的优良传统，他们不畏牺牲、不惧艰难，谱写了一曲曲鱼水情深的动人故事、一首首患难与共的感人诗篇。

1. 希望的灯火

天空没有星辰，大地没有灯光，唯有风，凛冽的东北风。

这是 1943 年初冬的一个夜晚。广北平原上，一个小村里，驻扎着八路军山东清河军区的警卫部队。他们从凌晨开始，和日军整整周旋拼搏一天了。

天更冷了，村外的日军点起火堆，围着烤火。

清河军区司令员杨国夫和政委景晓村等人等的就是这个机会。

"行动！"战士们冒着寒风悄悄地冲出了日军的包围圈。此时战士们方才觉得饥寒交迫，他们整整一天没吃东西了。杨国夫一边走着，一边望着肚饥衣薄的战士们。景晓村也已经勒了好几次腰带，想着今夜充饥过宿的地方在哪里。走着，走着，前方突然出现了一点微弱的光。原来，这是一个土屋，土屋里亮着灯，屋里住着一对老人，老汉叫康元正。

警卫排的战士来到土屋前，叫开了门。康元正一见是八路军，又惊又喜，连忙让他们进屋。大娘也忙说，快上炕暖和暖和。大娘说完，一下子又像是想起了什么，忙问："杨司令突围出来了没有？"

"让您老人家挂念了，出来了，在这里。"杨国夫忙上前扶住老人家。

"谢天谢地，老天爷有眼，有你们在，老百姓就有盼头。"老大娘抚摸着杨国夫说。

"老人家，放心吧，有老百姓支持，最后胜利定是我们的。"杨国夫扶着老人坐下，"老人家，外面冷，您老快到屋里暖和暖和。"

"也快让同志们到屋里。"

屋子毕竟太小了，战士们只好轮换倒班进屋暖和一会儿。见康老汉家里穷得叮当响，杨国夫也不忍心向他们讨吃的了。两位老人家却不声不响地将自己仅存的一点萝卜拿出来切了，又将藏在炕洞里的一小口袋粗杂面翻出来，一起倒进锅里，煮了一锅萝卜粥。粥煮出来了，可战士们谁也不忍心去吃，尽管饿得饥肠辘辘。

两位老人见状急了，对杨国夫说："你快下令让同志们吃点吧，即使吃不饱肚子，也可以充充饥，御御寒。"

"老人家……"

“快啥也别说了，只要不嫌弃少就行。你们要不吃，俺……”老人急得哭了。

“好，谢谢老人家。”杨国夫扶住老人，“同志们，吃吧。大家要牢牢记住这顿饭，将来，我们要用多杀日本人来报答。”

毕竟粥太少了，每人只能分得半碗，但同志们觉得这是天下最香的美味。

可是，把康大爷家的粮食全吃光了，今后怎么办？灯底下，杨国夫和景晓村小声地讨论着。杨国夫从自己身上脱下那件羊皮背心，走到康老汉面前说：“老人家，没啥好东西，这件背心拿到集上多少可以换点吃的，您收下吧。”

景晓村也从马背上抽下一条半旧的军用毛毯，要送给康老汉。康老汉急忙说：“这、这使不得，使不得，俺……”

战士们也忙着脱下自己贴身的褂子。杨国夫见了对大家说：“同志们，寒冬腊月，你们穿得够单薄的了，快把衣服穿上，不要让老人家为咱担心。保养好身体，多杀敌人，才是真正回报老人的关怀和支持。”

“对，对，俺啥也不盼。就盼你们多杀敌人。你们的东西我们一件也不要。”

事情僵住了。一方坚持送，一方坚决不收。幸好此时袁也烈参谋长派人送来一些白天他们在战斗中截获的日军的大米。杨国夫决定让战士们每人分一些背在身上，其余的给两位老人留下过冬。

第二天，战士们怀着感激的心情，和老人们依依惜别。

风还是那么紧，天还是那么冷，可战士们的心里暖暖的。

2. 鲜红的荆条林

垦区的荆条长得又高又大，密密麻麻，顽强地扎在渤海湾边的盐碱地里，红红的，就像是被战士的鲜血染红了一般。

1943 年冬，日军对清河区进行疯狂的"蚕食"和"围剿"。得知日伪军要到垦区"扫荡"的消息后，垦利县二区区委书记许俊芝和垦利县青年救国会会长王志颜立即带领区委干部，组织群众转移。

他们刚要把群众往青纱帐疏散时，日伪军便扑了上来，拼命向高粱地里射击。

"小王，快，占据村头，吸引敌人的火力，掩护群众转移。"许书记吩咐道。日伪军遭到抵抗后，丢下转移的群众，一窝蜂地向村头扑去。许俊芝和王志颜等也边打边撤，退守在村头的一所房子里。他们退守在窗门后面，左一枪，右一枪，打得日伪军不敢靠前。

日伪军强攻不下，便展开了和平攻势，妄图劝大家投降。

区委书记许俊芝看到弹药不多了，便故意和日伪军磨蹭，尽可能争取多一点时间留给群众转移到安全地带。

日伪军发觉被愚弄后，恼羞成怒，集中火力，炸开了房门，一股浓烟冲天而起。

本来，在日伪军刚进村时，许俊芝等人完全可以安全转移。但是，他们没有这样做，在人民需要的时候，在生与死的考验面前，他们毫不犹豫地把生的希望让给了群众，并用自己的生命来换取群众的安全。就在这间不大的土房子里，他们据守阵地，直到弹药用尽，全部壮烈牺牲。

日军进驻永安镇一带后，便开始了惨无人道的"驻屯清剿"政策。但他们的野蛮暴行吓不倒英雄的清河抗日军民，他们就像这一墩墩不屈不挠的红荆林一样，顽强地屹立在渤海岸边，英勇地抗击着日本侵略者。

有一个村的群众没来得及转移，被日伪军集合在一个广场上，里面有党员干部，还有负伤的八路军战士。

日伪军把一个姓贾的大娘和她15岁的儿子拉出来，把明晃晃的刺刀搁在母子俩的脖子上，凶狠地问道："八路军去哪里了？"

"不知道。"

"粮食藏在哪里？"

"不知道。"

"水井在哪里？"

"填死了。"

"你们喝什么？"

"想和你们同归于尽！"

恼羞成怒的日伪军挖了一个土坑，威逼着贾大娘说："你再不说，就把你和儿子活埋了！"

贾大娘把儿子紧紧地搂在怀里，大义凛然地说："别说活埋了，就是刀割了，你们也别想捞着什么！"说完她理理头发，面带微笑，抱起儿子，毅然跳进了土坑……

在生死攸关的紧急关头，我们的战士保住了，粮食保住了，党员干部保住了，可这位伟大的母亲为此献出了儿子和自己的生命。

3. 迟浩田在阳信养伤

"从今往后，您就是俺的亲娘！"迟浩田双腿跪在王大娘面前，把多日积蓄在心中的千言万语化作一句话，说罢，一连磕了三个响头。王大娘忙把他扶起来说："孩子啊，你这个儿子我认了。"这是在阳信养伤的迟浩田和王大娘用实际行动阐释的军民鱼水情。

1947年7月，华东野战军某部七连指导员迟浩田参加南麻临朐战役时，被敌人的一颗子弹击中了左腿动脉。经过一天一夜的急行军，迟浩田被转移到了博山县一个叫天津湾的小村子里。由于缺医少药，再加之天气炎热、一路颠簸，迟浩田的伤口已感染化脓。

医生决定给他截肢。迟浩田坚决不同意，说自己还要上战场杀敌人，医生便采取了保守治疗方案。经过几夜急行军，迟浩田被转移到北镇鸿文教堂医院，后又转移到义和庄渤海军区总医院。几天后，他又随其他伤员一起来到了阳信县的流坡坞村，被安排在北街王大娘家里养伤，并由王大娘专门护理。

每天早晨和傍晚，王大娘就搀扶着他在院子里练走路。到吃饭时，王大娘把饭菜端到他面前，就像待自己的儿子般。迟浩田感动地说："大娘，你待我这样好，叫我怎么感谢您啊？"王大娘说："孩子啊，咱一家人不说两样话，要不是你为俺百姓过上好日子打仗负伤，咱俩还见不到面呢！再说，俺的儿子也在部队上哩。"

王大娘家养了三只母鸡，家中的零花儿全仗卖鸡蛋。自迟浩田来后，王大娘就舍不得卖鸡蛋了，每顿饭都给迟浩田煮一个。开始，王大娘端上鸡蛋时，迟浩田说啥也不吃，王大娘却像哄小孩似的说："是好孩子，就得把鸡蛋吃了。它是大娘的一颗心呀！"盛情难却，迟浩田只得吃下。

为了使迟浩田早日养好伤，一天，王大娘把一只母鸡宰了，连汤带肉盛上满满一大碗，端到迟浩田面前，说："孩子，不凉不热，就边吃边喝吧！"迟浩田的泪水簌簌而落……

在王大娘的精心照料下，迟浩田的伤一天天好了起来，能扔掉拐杖走路了。望着迟浩田走路稳健的样子，王大娘高兴得合不拢嘴。

迟浩田边走边说："大娘啊，我的左腿能有今天这个样子，可多亏了您啊！"王大娘却说："咱们都是一家人，有啥可说的啊！"

养好伤，迟浩田便踏上了归队的征程。王大娘一直把他送出去好远，并一个劲儿地嘱咐说："全国解放了，再回来看娘啊！"迟浩田眼里含着泪水，几乎一步一回头，直到望不见王大娘的身影。

迟浩田开赴前线，头几年一直与王大娘保持者联系。后来，他赴朝鲜作战，便联系不上了。从朝鲜回国后迟浩田曾多次派人寻找王大娘，但都没有找到。原来，王大娘于1952年春天因病去世。三年后，丈夫因病离世。儿子也早在平津战役中牺牲。

2008年9月，迟浩田特意来滨州寻找曾经养伤的地方。"我转移到流坡坞住了半个多月的时间，房东老大娘对我特别好，她的儿子当八路军多年没回家。她把我当儿子看待。"他深情地说，"虽然这段日子很短，但我记忆犹新，终生难忘啊！"

4. 刘家套的"八路店"

在山清水秀的邹长大地上，在杏花河与胜利河交汇之处，坐落着一个百余户人家的村庄，它就是刘家套村。战争年代，村里有个著名的"八路店"。

"八路店"的主人是一对小夫妻，丈夫叫孙向辉，妻子叫赵新民。孙向辉积极参加抗日游击小组，后加入了中国共产党，他的家也逐渐成了抗日活动的中心。由于刘家套村是清河、胶东、冀鲁边等根据地和鲁南交通联系的必经之地，来往的干部很多，他们亲切地称孙向辉家为"八路店"。

1940年秋天，邹长抗日根据地的清西二团为了建立秘密可靠的情报机构，便派敌工股长朱增干到刘家套村找孙向辉，决定在孙向辉家设立情报站，由孙任站长，以商贩身份打掩护。很快，孙向辉就把周村、苑城和焦桥等敌据点敌伪的编制人数、装备情况一一摸清。

1942年冬天，清西二团需画一张焦桥敌据点的地形图，朱增干便到焦桥侦察，不料被日伪军发觉。朱增干急忙转移到刘家套李本阳家里。不料日伪军追踪而来，把李本阳的家包围了。躲无可躲，李本阳不得已把他坠入院中的井里，日伪军搜索无获后就撤了。李本阳、孙向辉、孙玉庚又赶忙把朱股长从井里捞上来。这时朱股长已冻得不能说话了。孙向辉把他扶到家里，先用烧酒给他擦身子，又喂他喝了姜汤，他才慢慢恢复过来。

1943年1月，日军向小清河北"扫荡"，封锁了小清河沿线渡口。这时朱股长有急事要过小清河向团首长汇报，他便到刘家套村找孙向辉。孙向辉把朱股长带的文件和手枪塞在小筐里，再装满女人用的东西，让朱股长乔装打扮后，两人就来到了伪军的检查岗。"干什么去？""走亲戚，亲戚家里有急事，没办法，得赶紧过去。"一边说着，孙向辉一边给伪军递上一包烟。接受烟的伪军没有再检查，朱股长就这样顺利过了渡口。

"八路店"的女主人赵新民和丈夫孙向辉一起，积极投身抗日斗争。刘家套建立妇救会时，她被选为会长。部队需要很多军鞋，赵新民领着本村妇女，没白没黑地赶工，把军鞋源源不断地送往部队。1942年6月的一天，军鞋收齐了，还没来得及送出，驻焦桥的日军和伪军突然闯进她的家里，发现那么多鞋，便质问："这鞋子是不是送给八路军的？"在这危急关头，她从容地回答："俺家里很穷，孩子多，没有别的收入，只得自己做些鞋子来卖，挣点儿钱过日子。"日伪军没有看出破绽，便不再问，走了。

一次，有几个地方干部正在她家里吃饭休息，突然日伪军进村了，他们来不及藏随身带的文件和手枪。赵新民便主动把这些文件和武器接过来，藏在自己身上，让那几个干部空手随着群众逃走，然后她跟在后面，日伪军快要追上她时，她装着小便，机灵地把文件和武器藏在庄稼地里，化险为夷。

1946年秋天，国民党军队集结重兵进攻渤海解放区。邹平县政府的后勤人员把县府人员的棉衣和许多重要文件，装满一辆马车，准备运往小清河北插存，不料车子陷入泥坑，不能前进，不得已只能找到家在附近的赵新民。赵新民赶忙帮他们卸下车上的东西，小心翼翼地埋在自家牲口棚里。后来完好无缺地交回邹平县府，受到县府的赞扬。

孙向辉、赵新民夫妇，在抗日战争和解放战争中忠心耿耿、勤勤恳恳地为党为人民做贡献。"八路店"的美名家喻户晓，流传在邹长大地。

5. "边区慈母"马振华

在1935年的津南各县，一提起串书馆的"李先生"，贫苦农民和进步师生人人皆知。"李先生"就是中共津南地委书记、八路军冀鲁边抗日根据地的创建者之一、被誉为"边区慈母"的马振华。

1905年，马振华出生于河北省的一个佃户家庭里。父亲双目失明，家境贫寒，马振华12岁才上学。21岁时，马振华在本村办起了农民学校，专门招收穷人家的孩子。27岁时加入中国共产党。他白天办学教书，晚上开设拳房，练习武艺，组织乡亲同地主展开斗争，抗交粮租，反税抗税，受到广大贫苦农民的拥护和爱戴。在韩家集上，他曾打得硝磺局的税警抱头鼠窜；在县城，他曾组织200多名初小教员组成教员联合会游行示威。

自1934年起，马振华任中共津南特委特派员。他有时扮作串书馆的"李先生"，有时扮作挑担的货郎，有时扮作打短工的农民，走街串巷，先后组织起读书会、互助会、老人会、儿童团等，并在农村、学校建立起一个个党支部。七七事变后，他与多位爱国志士一道创建了华北民众抗日救国会和华北民众抗日救国军，率部开展抗日游击战争。

1940年9月的一天，马振华在宁津县东部的一个村庄开展工作、征集军粮。时近正午，他的妻子为了填饱肚子带着年仅7岁的女儿讨饭，也来到这个村子。一家人意外相逢，喜出望外，她们已经饿了一上午了，原想着能在这里吃一顿饱饭。可马振华只是抱起女儿亲了亲，摸着女儿的头说："快和你娘要饭去吧，过了饭时，就要不到了。"妻子含着泪拉着女儿默默转身离开，走出不远，女儿突然回过头喊道："爹，我要着好吃的，给您留着……"

在一次掩护撤退的战斗中，16岁的小司号员被炮弹炸伤小腿，马振华背起他一口气跑了十几里路，直到跑进密林里才把敌人甩开。司号员伤口流血不止，时值严冬，寒风刺骨，马振华把外套脱下来披在伤员身上，而他披着单衣、咬着牙关，冻得瑟瑟发抖。第二天敌人撤走，马振华背着司号员辗转找到部队。当战士们围过来，他再也支撑不住，晕倒在地上，额头滚烫。原来，他背着伤员足足跑了20里，途中一直发着高烧……

1940 年 9 月 12 日，马振华在宁津县柴胡店区薛庄检查工作，因汉奸告密，被日伪军 400 余人包围，为了掩护同志们突围，他与 11 名干部、战士在与敌人的搏斗中壮烈牺牲。

马振华牺牲的噩耗传到家里，几个孩子都哭出了声。当娘的急忙捂上孩子们的嘴，说："别让你爷爷听见。你爷爷岁数大了，经不住折腾，一会儿咱娘几个到村外枣林里哭个够……"

马振华的灵柩从宁津沿鬲津河岸运往河北盐山途中，闻讯而来的上万名百姓涌上河堤，长跪不起，用最隆重的礼节送了这位烈士最后一程。

6. 革命老妈妈常大娘

在常大娘眼里，八路军战士就是自己的孩子。八路军的队伍一到她家，常大娘就主动为她们烧水、做饭。

常大娘（左）与常大爷

常大娘，本名刘相会，德州乐陵人，1891 年生于乐陵市三间堂乡刘玉亭村，因家境贫寒，9 岁到大常村做了童养媳，全家靠种菜卖菜度日。

1938 年秋天，八路军东进抗日挺进纵队进入冀鲁边区，开辟了以乐陵为中心的抗日根据地。从这一年开始，47 岁的常大娘便带领全家人积极照顾伤员、掩护八路军战士。常大娘有好几个儿女参加了青救会等抗日爱国组织。她的二儿子常树芬化名丁文魁，小女儿化名丁秀文，展开地下斗争。常树芬带领民兵配合八路军挖壕沟，扒日军的公路铁路。日军白天填，他们夜里挖，三年没睡过一回热炕。

一天拂晓，腿部受伤的靖远县独立营副营长张子斌刚被送到常大娘家，在东墙外放哨的丁秀文就发出了伪军进村的信号。常大娘不由分说就把张副营长摁到炕上，顺手拉过一条被子，连头带脸把他蒙了个严实。伪军闯进来后，她谎称是自己的孩子发高烧捂汗，骗过了追查。在常大娘的精心照顾下，十几天后张副营长伤愈归队。

张副营长走后，靖远县八区的组织干事袁宝贵又被送到了常大娘家。袁干事身上长满了疥疮，手烂得拿不住筷子，腿烂得不能走路。常大娘每天给他喂水喂饭、端屎端尿。夜里，袁干事浑身疼痒难忍，大娘便烧好水，慢慢地给他擦洗。听说用硫黄熏能治疥疮，大娘就找来硫黄，放在盆内燃着熏烟。半个多月后，袁干事疮愈康复。临别前，他含着热泪说："大娘，您就是我的亲娘！"

渐渐地，凡是来常大娘家养伤、开会、住宿的八路军干部、战士，都亲切地叫她一声"娘"。

1942年，上级决定在常大娘家挖掘地道。为防止被发现，常大娘一家人只能在晚上行动。常大娘带着二儿子和女儿挖地道，老伴儿常大爷在上边倒土，小儿子在村里放哨。为了不引起怀疑，常大娘一家把挖出来的土一部分填了沟，一部分运到村头湾边，再用稀泥封起来，泥成粪堆的样子。地道挖成后，常大娘家成了冀鲁边一地委和靖远县委的机关驻地。过来开会、养伤的人越来越多，最多时常大娘家在的村子里一天住了120多人，常大娘一天做了17顿饭。

当地有个臭名昭著的汉奸，外号"贾钱儿"，隐约知道常大娘和八路军有往来。常大爷是个聋哑人，问不出什么，他们就拿常大娘出气，用枪托打她，把她的头往墙上撞。每次，常大娘都咬紧牙关，从不透露半个字。

"这些年没在俺家搜出一个同志。"这是常大娘最为自豪的一件事。抗日战争胜利后，1945年秋，中共渤海区第一地委奖给常大娘一面锦旗。常大娘的革命事迹也传到了延安，毛主席听说后，称赞她，"大爱为国 革命母亲"。

1972年，81岁高龄的常大娘病重，县领导来看她，问她有什么要求。常大娘郑重地提出："唯一的要求就是申请加入中国共产党。"听了这话，大家很是惊讶，一个为党的革命事业操劳了一辈子的老妈妈，居然还不是共产党员！不久，组织派人通知她已成为正式党员时，躺在病床上的常大娘让儿女取来一个红布包，里面包着满满的零钱，还有些布票、粮票。老人家用干瘪的双手颤抖地递给县上的同志，说："这是我交的第一笔党费……"

1974年，常大娘去世，享年83岁。

7. 渤海区女区长韩秀贞

"童养媳当上区长了！"1947年，韩秀贞担任博兴县陈户区副区长，成为渤海区成立以来第一个女区长。上任那天，从卞家村到陈户区沿途各村的群众都自发地敲锣打鼓，夹道欢迎。

韩秀贞，1918年出生于山东省博兴县吕艺镇辛集村一个普通农民的家庭。自幼家境贫寒，11岁就被父母送给卞家村一户人家做童养媳，日子过得非常艰难，白天干活，晚上还要学着纺棉花、织布、做针线，连顿饱饭也吃不上。

1941年，王梦林担任博兴县妇救会会长，她在博兴县第三区、六区和十区一带活动，带领妇女反封建、学文化、学政治。韩秀贞进步很快，同年7月，经傅兰英介绍加入中国共产党。入党以后，韩秀贞在党组织的培养下，从一个普通的农家妇女逐步成长为一名优秀的共产党员。

在卞家村，由于韩秀贞心灵手巧、吃苦耐劳、思想开通，又乐于为群众办事，因此深受村民的信任和拥护。1942年，为了克服抗日根据地的经济和财政困难，韩秀贞响应清河区党委"发展生产，保证供给"的号召，在村里组织妇女成立了博兴县第一个纺织互助组，帮助姐妹们贷款、贷棉，组织她们纺线织布，做军鞋、裹腿、子弹袋等军用品，源源不断地供应清河区部队。在她们的带动下，陈户各村都成立了纺织互助组。当时，村里的男青年纷纷参军，韩秀贞就带领妇女们下坡干活，帮助军属磨面、挑水、拾柴、做衣服，解除前线战士的后顾之忧。

1942 年的"三八"妇女节，中共博兴县委在陈户店召开了全县妇女大会，会上韩秀贞被评为纺织模范。1945 年，韩秀贞在博兴县群英大会上评为劳动英雄。1947 年，韩秀贞担任博兴县陈户区副区长，成为渤海区成立以来的第一个女区长。

韩秀贞深知当区长意味着要担负更艰巨的任务、更大的责任，她更加忘我地投入工作。周张战役中，她带着担架队抢救伤员，有时用担架抬上伤员一走就是几十里。1949 年 3 月，韩秀贞作为华东地区的代表出席了在北京召开的全国第一次妇女代表大会，并在大会上做了发言。

8. 密存四十年的党费

"我把这些文件和铜圆小心翼翼地放在自己的衣箱里。后来，我担心发生意外，又先后转移到灶膛里、炕洞里，最后决定把它藏在最安全的住房夹墙里。这既是党的秘密，又是许多党员在艰苦生活中积攒起来的血汗钱，是党的一笔财产，组织交予我保管是对我极大的信任，无论如何也要保管好，更要克服困难等到胜利那一天，再亲手交给刘振东夫妇。"朴实的话语包含着李淑贞对党的忠贞与信仰！

李淑贞，山东无棣县车王镇刘邢王村人，1913 年出生。在党组织的培养下，她由一个普通的家庭妇女成长为一个出色的地下交通员，并于 1939 年加入中国共产党。

1943 年，冀鲁边区发生叛变事件，无棣县的抗日斗争形势更加艰难，大批共产党员被杀害，党组织遭受严重破坏。为保存革命力量，上级命令无棣二区区委书记刘振东夫妇撤离。

临行前，刘振东夫妇把党的一部分重要文件和原二、三区全体党员一年来的党费，总共 512 枚铜圆交给地下交通员李淑贞保管。

当时，李淑贞的丈夫已经因病去世，公婆和年幼的儿子都指望她照顾，担水拾柴等繁重的活儿都是她一人承担，生活很是艰苦。但她不忘党员的身份，受党组织的委派，经常装扮成"走亲戚"的农妇，深入日伪军据点驻地搜集情报。此时，党组织正处于秘密状态，无法对李淑贞进行公开的照顾，她咬牙坚持住了，完成党交代的任务，也没有动用一分一毫的党费。

1945 年的一天，7 岁的儿子哭着闹着要吃窝头，李淑贞急了，一巴掌扇了过去，孩子眼里噙着泪水不哭了。李淑贞心痛地把孩子紧紧搂在怀里，对孩子说："娃，娘蒸枣糠饼子给你吃。"她把卖不出去的烂枣放在炕头上烘干，用石磨碾成面子，拌上黄蓿菜种子，蒸了一锅枣糠饼子。儿子捧起饼子狼吞虎咽，而那一袋铜圆，就在孩子身后的夹墙里。

很多时候，家里清锅冷灶，无米下锅。但李淑贞连"挪用党费"的念头都未动一下。她想，如果把挪用了一个子儿，即便以后补上，也是对共产党员这个称号的亵渎。

抗日战争胜利后，李淑贞又把身心全部投入支援解放战争中。1952 年，李淑贞千方百计才打听到在县里工作的刘振东的住址。没想到，她去交还党费时，刘振东夫妇又调往上海工作了，这一去就是几十年。

直到 1983 年，她才找到当年委托她保管党费的原无棣县二区区委书记刘振东，将珍藏了 40 年的 512 枚铜圆党费和朱德总司令签署的日文传单等文件交给了刘振东。

望着李淑贞保存下来的文件和 512 枚铜圆，刘振东夫妇惊呆了，他们颤抖地握着李淑贞的手，泪水溢出眼眶。

9. 耀南剧团与"白毛女"

在抗日战争和解放战争时期，渤海区曾经活跃着若干支军队与地方上的文工团队，其中成立最早、规模最大的是渤海军区政治部耀南剧团。

耀南剧团前身是八路军山东人民抗日游击第三支队宣传队，为纪念牺牲的司令员马耀南，1940 年正式更名为"耀南剧团"。

1942 年冬，日伪军加紧了对小清河两岸的"清剿""扫荡"，

耀南剧团女战士

耀南剧团随清河军区机关转移到垦区八大组一带，赶排了古装话剧《李秀成之死》。经紧张筹备、排练，此剧终于在元旦演出。演员冻得手拿不住眉笔，油彩用火烤了才能往脸上抹。扮国舅的王涛胡子上挂着冰柱，

扮王妃的马昆说话都成了结巴。有的演员一人扮三四个角色，几次在寒风中换服装。演员演得卖力，观众看得认真，每逢演出，方圆十里、几十里的群众，男女老少，早早赶来，演出完了，还恋恋不舍，久久不肯离去。

除去演出，剧团还深入群众之中，教唱抗日歌曲。一天，剧团跟着一个连队，以黄河大坝为掩护，行军几十里，来到了离陈庄据点四五里路的台子庄，在三岔路口的关帝庙前，剧团的演员放开嗓子唱："大刀向鬼子们的头上砍去"，"我们的队伍向太阳"……歌声召来了附近的乡亲，人越聚越多。

这时，剧团的宣传队员说："教个新歌好不好？"大家齐声高喊："好！"于是，宣传队员边唱边讲解："黎明的曙光照前方，胜利的歌声响四方，我们是中华民族好儿女，千锤百炼已成钢……"群众边听边点头，有的还一句一句跟着学唱起

耀南剧团演出剧照

来。剧团分队长王恩荣抓住这个时机，站起来向群众行了个军礼说："乡亲们！中国亡了没有？八路军被消灭了没有？没有！告诉乡亲们，抗日一定能胜利……"

1946 年 12 月，耀南剧团开始排练歌剧《白毛女》，1947年 1 月，在高苑县大邵村为部队和当地群众进行首场正式演出。1947 年春，耀南剧团更名为"渤海军区文工团"，他们到淄博周村，慰问参加莱芜战役的部队和驻地群众。

此次演出场地设在周村同乐戏院。当大幕徐徐拉开，乐队奏出"北风那个吹，雪花那个飘"的旋律，台下立刻发出此起彼伏的叫好声。随着剧情的开展，许多观众被白毛女悲惨的经历感染，流下了同情的热泪。在周村，耀南剧团连续演出 7 场，场场爆满。

1947 年 8 月，华东野战军司令员陈毅、副司令员粟裕赴冀鲁豫边区途中经过渤海区党委驻地时，正逢《白毛女》上演。在观看完整场演出后，两位首长上台接见剧团人员，连夸他们演得好。两年间，耀南剧团共演出歌剧《白毛女》210 多场，每场演出都受到热烈欢迎。

在炮火中，他们还编排了《新中国的母亲》《王凤祥功夫》《第八军起义》等大批具有代表性的剧目，发挥了文艺兵的特殊作用，给渤海区军民留下了深刻的印象。

济南解放后，耀南剧团的一个话剧队随渤海纵队南下到上海，1950 年团长李毅汉和其他骨干分别调任新疆等地，剩余团员大部分调山东军区，合编成山东军区文工团，也就是后来的济南军区文工团，对外称"济南军区前卫文工团"。

10. 人民的好县长武大风

"我是一个共产党员，是人民的县长，不能只顾自己啊！我要和大家同生死共患难！"面对着敌人的重重包围，武大风与民同在，将一名共产党员生生死死为人民的责任和情怀，长存于鲁北这片土地上。

武大风

武大风，原名武同心，字班昌。1915 年出生，1931 年加入中国共产党。1934 年，武大风与武风亭、刘长春、孙金峰等人组织领导了庆云县著名的马颊河罢工运动。1939 年，担任庆云县抗日民主政府第一任县长。

当时庆云县城伪县长叫王照康，为表示斗争决心，武同心改名"武大风"，寓意"弱糠"经不住大风。武大风与群众同甘苦共患难，每到一村，不论男女老幼，都爱围在他身旁，听他讲抗日救国的道理。当时环境艰苦，他脚上的鞋一大一小，大的缝起了后跟，小的露出了脚趾，鞋底快掉下来就捆上几道麻绳子。

1941 年，武大风调任阳信县县长。1943 年年初，驻天津、沧州、德州、济南、惠民等地的日军采取联合行动，对第三军分区进行血腥"扫荡"。活动在乐陵、庆云、阳信三县交界处铁家营大洼一带的庆云县大队、阳信县大队、县政府机关、抗日五小队、乐陵县花园区小队，以及到该处检查工作的三分区副司令员李永安带领的一个手枪班，没来得及转移。

1943年2月3日凌晨，大雪刚停，浓雾笼罩着天空，日寇集中上万兵力，采用远距离奔袭、分兵合击的拉网战术，将铁家营大洼严严地包围起来。

武大风带着几十名战士和逃难的群众，被挤压在大洼的一条道沟里。不少群众认识武县长，当时都万分焦急。一位大娘说："俺知道你大年初一结婚，你为啥不早走哇？先别管俺这号老头老婆子了，你先闯出去。快走吧！万一有个好歹，你那没过门的媳妇可咋办呀……"

一位大爷牵过一头牛来说："你牵着这头牛，我再脱给你这身破棉袄，你化装混出去。快走吧！"

其他人也异口同声地说："快走吧，县长！"

武大风——谢绝了乡亲的好意，坚定而感激地说："共产党是不兴撇下群众光顾自己的。"

下午3时许，武大风的肩膀负了伤，这时，日军停止了炮火攻击，端着刺刀扑上来。武大风叫乡亲们躺在道沟里装死，他带领剩下的16名战士，跑到道沟的另一头，把日军吸引过去。由于敌众我寡，眼看着战士们一个个壮烈牺牲，身受重伤的武大风将最后一颗子弹打进自己胸膛，年仅28岁。

一副挽联概括了武大风短暂而光辉的一生：生即正直举止非凡的系人中一大，死亦壮烈刚毅不屈确是无产作风。

11. 毛岸英在阳信张家集村

"东头步到西头，犹似走遍五洲；马列主义在手，细水变成洪流。"这是毛岸英在阳信张家集村作的一首诗。

1947年11月6日，化名"杨永福"的毛岸英随时任中央土改工作团团长康生、邓子恢等，到达渤海区党委驻地阳信县李桥村，其目的主要是进行土改的收尾和建乡试点工作。

后来，毛岸英又与同来的部分人员转调到阳信的张家集村。毛岸英被安排在张元林家的东屋里居住。土房内，里间有一个土炕，外屋放着两把椅子、一张方桌。毛岸英在简陋环境中一直住到工作结束离开阳信。

毛岸英放下背包，就和同事们在村中了解情况。毛岸英穿着一件爸爸送给他的肥大的灰军装，军装上五个大扣子掉了两个。当时工作条件很苦，他写字用的是铅笔，笔记本也是用五颜六色的纸合订成的。陈云曾送给他一支"派克"钢笔，他说不合身份，又把钢笔还给了陈云。

毛岸英

毛岸英穿一双粗线白袜子，破了缝，缝了又穿，袜跟与袜头补丁摞补丁。对此，房东张大娘看在眼里，疼在心上，便从集市上买了双新袜子，送给毛岸英。开始，不管张大娘说什么，毛岸英就是不收这双袜子，他对大娘说，他们有纪律，任何人都不能接受群众的赠予。

张大娘两眼含着泪水，真诚地说这是大娘送给他的一颗心。最后，毛岸英硬是把两元钱塞进了张大娘的口袋，才收下了这双袜子。

毛岸英作为中央派到地方的工作人员，从不表露自己的特殊身份，和队友们打成一片。每逢吃饭，他总是到勤杂人员桌上去吃。有一次十几个队员吃饭，其他人吃饱饭，他因给队员们讲解问题，才吃了一半，盆中只剩菜水了。但他毫不在意，一手拿窝头，一手端菜盆，喝着余下的菜水吃了一顿饭。

在房东家，毛岸英有空就挑水、扫院子、喂猪。房东张大娘待他亲如儿女，没几天就不叫他"杨同志"而喊他"孩子"了。

李桥区委书记孙玉山在与邓子恢警卫员交谈中得知，杨永福就是毛岸英，对他更加信任和尊重了。在一次工作会议召开前，俩人又坐在了同一条板凳上。交谈中，当毛岸英问他对工作有什么看法时，孙玉山当即就运动中出现的偏离中央精神的做法，提出了自己的意见。会后，毛岸英及时向有关领导做了汇报，引起了上级的高度重视。不久，就下发了进行重新整顿的通知。

1948年春，中央工作团将要离开阳信。渤海区四地委副书记张辑五向毛岸英征求意见，说有什么意见就直来直去地提。在老张的再三催促下，毛岸英非常谦和而又有策略地提出：作为领导，他是个好统帅。但无论打仗也好，土改也好，指挥员也是战斗员，统帅也是士兵。言外之意是建议他与群众打成一片。5月，中央电令毛岸英调离阳信，回中央从事新的工作。

走后，毛岸英没有忘记张大娘一家和乡亲们。1948年秋天，正当家家户户欢度中秋之时，"毛主席的儿子来信了"的一声大喊，引得众乡亲纷纷涌上街头。老村长张会山手里举着一封书信，人们簇拥着他来到张大娘家。拆开信封，从里面掉出一张黑白照片，正是乡亲们所熟悉的"杨同志"。毛岸英在信中向张大爷、张妈妈问好，表达了自己的思念之情，并向全体乡亲问好。

1977年，山东省将毛岸英住过的土房列为省级文物保护单位，定名为"张家集土改纪念堂"。

12. 于祚堂"以淤为石"巧治黄

"这是我第一次认识到在共产党的领导下，人民力量的伟大。"1955年，于祚堂在题为《人民的愿望实现了》的发言中朴实而深情地说道。

于祚堂，从利津县于家村走出来的第一届全国劳模代表，被誉为"黄河抢险第一人"。

1899年，于祚堂出生于利津县北宋镇于家村人。1921年7月，利津宫家坝决口，离之不足5000米的于家村被淤为沙地。于祚堂一家侥幸逃出。

"黄河决口真是'天意'吗？有啥法子能保住黄河不决口？"从出生几个月起就逃洪水，历经7次黄河决口的于祚堂忍不住一遍遍地问自己。在宫家决口十几天后，于祚堂毅然投身汛营，到山东省河务局南四营当了一名汛兵。短短几年的光景，于祚堂练就了一身抢险、修埽、看水、估工的绝活。1937年7月，他被提升为北六分段第三防守汛汛长，驻守利津县王家庄险工区。1938年6月，日军入侵，利津沦陷，河务机构撤销，于祚堂不得不归家务农。

1946年，渤海区组织开展了轰轰烈烈的反蒋治黄斗争，于祚堂再次投身治黄事业。这一年，国民党政府欲堵复花园口口门水淹解放区。解放区军民"一手拿枪反蒋，一手拿锨治黄"，加紧修复黄河故道堤防。

1947年3月，花园口口门强行复堵。7月，肆虐洪水涌向黄河口。此时的利津黄河堤防工程刚刚修复，堤身十分脆弱。随着水势上涨，险情自上而下次第发生。利津大马家、綦家嘴、张家滩等险工频出大险，连续抢险40多天始见稳定。

秋汛复至，洪峰直逼王庄险工。王庄险工地势险要，人称"黄河下游第一险"。于祚堂作为利津县治河办事处工程队队长，正驻守于此。十几天来，于祚堂衣不解带，指挥带领民工全力进行抢护。在险情扩大、料物用尽、大堤难保的情况下，中共利津县委决定退守套堤，死保二线。9月20日晨，大堤坍塌，洪水扑向套堤。此时，国民党军队又出动10多架飞机轮番轰炸扫射，情况十分危急。在此紧要关头，于祚堂与其他民工奋力抢堵，奋战20个昼夜，抢修埽坝23段，堵塞漏洞16个，终于将大坝水洞堵住。

1949年9月10日，黄河洪峰以每秒7350立方米的流量入境利津。于祚堂第一时间对险工上下河势进行了详细查勘。经验告诉他，大溜极有可能下延，便在有可能出险的堤段上备

足了料物。果然不出所料，在估计出险的堤段上有七八段埽坝同时出险。

14个昼夜倏忽而过，30多处险情转危为安。然而洪水继续上涨，大溜下延到48号磨盘埽出现重大险情，堤身在1小时以内塌掉6米多。屋漏偏逢连夜雨，抢险所需的石料仅剩300多立方米，实为杯水车薪。

这时，于祚堂忽然瞥见了背河近堤处堆积的红泥，他当机立断，朝着抢险队员们大喊："同志们，快用麻袋装红泥啊……"一时间，数百民众或双肩挑，或小车推，将3400多立方米红泥装进1万余条麻袋中，投入埽下，终解48号埽坝燃眉之急。

"以淤代石"的方法破解了石料缺乏的困境，很快在黄河两岸传开，垦利左家庄、一号坝即行效仿，均化险为夷。

汛期过后，于祚堂被渤海区行政公署、山东省河务局授予特等治黄功臣称号。更让于祚堂欣喜的是，两年后他光荣地加入了中国共产党，并被推选为第一届全国工农兵劳模大会代表，荣获全国劳动模范称号。

1980 年，于祚堂病逝，享年 81 岁。

三

敢于斗争　善于斗争

一座丰碑斗争史，千秋伟绩渤海魂。中国共产党领导下的渤海区广大军民，在血与火的熔炼中，在生与死的斗争中，铸就了"不屈不挠、艰苦奋斗，顾全大局、无私奉献"的渤海革命老区优良传统。在这里，陈毅、粟裕、张云逸、邓子恢等老一辈无产阶级革命家留下了光辉的战斗足迹，渤海党政军领导人景晓村、杨国夫、王卓如、周贯五、廖容标等在当地人民群众中享有很高的声望，更有千万渤海革命老区人民，与中国共产党同呼吸、共命运、心连心，他们的英雄事迹代代颂扬，他们的红色故事脍炙人口。

（一）渤海传奇

渤海区广大军民，在中国共产党的领导下，多谋善断，英勇顽强，舍生忘死，巧妙打击敌人，书写了许多具有传奇色彩的革命斗争故事。他们为了党和人民的事业不顾个人安危的革命斗争精神，必将激励着广大党员、干部和人民群众勇往直前，夺取新时代中国特色社会主义道路上一个又一个伟大胜利。

1. 萧华智斗沈鸿烈

1938 年 9 月，第一一五师第三四三旅政治委员萧华率旅部机关部分人员进入冀鲁边区，与当地抗日武装会合。

萧华初到冀鲁边区，敌后抗日力量处在日伪、土匪、民团的威胁中，处境十分艰难。萧华面对复杂局势，很快集中统一起原本分散的各部队和地方武装，统一整编为八路军东进抗日挺进纵队，进一步统一和加强了边区党政军领导。

萧华部组织学习

10 月，国民党山东省主席沈鸿烈在聊城一带遭到日军"扫荡"，逃窜到惠民。他不敢和日军作战，却与国民党河北省主席鹿钟麟策划组织"冀鲁联防"，试图把八路军赶出冀鲁边区。

1938 年秋，为了瓦解"冀鲁联防"，做好统战工作，尽力争取沈鸿烈共同抗日，驻守乐陵的萧华根据八路军总部指示，带着侦察科科长刘友芝和一个骑兵排，偕同乐陵县县长牟宜之，赴惠民县城与沈鸿烈谈判。大家都很担心萧华的安全。在去惠民的路上，担任萧华保卫员的王定烈紧张得汗水直流，手枪里的子弹也早早顶上了膛，萧华却信马由缰，非常淡定。

沈鸿烈曾当过张作霖的舰队司令、青岛市市长，当得知来谈判的八路军司令只有 22 岁，他流露出不屑：娃娃司令也来和我谈判？沈鸿烈摆出一副十足的省主席架子，将萧华等人安置在旅馆，静候他的"接见"。

王定烈等人对此感到气愤，纷纷劝萧华回去，可是萧华有自己的打算。在等候"接见"的时间里，他和负责宣传的人员把《给惠民各界的慰问信》花钱油印出来，亲自上街头散发，到医院去慰问伤病员。"断头流血乃革命者家常便饭，牺牲奋斗是抗日的应有精神！"一时间惠民城里纷纷传颂八路军的"娃娃司令"如何年轻有为，如何深明大义。沈鸿烈先失一招，吃了"哑巴亏"。

随后，沈鸿烈把谈判地点设在县衙后院。大堂、二堂、三堂的台阶上下，站满了荷枪实弹的卫兵。50 岁上下的沈鸿烈一身笔挺的将校戎装，萧华虽然身着半旧的粗布军装，但风华正茂，神采超凡。

萧司令被迎进客厅，筵席早已摆好，四盘八碗，燕窝鱼翅，丰盛至极。沈鸿烈端起一杯酒，慢条斯理地说："早闻萧司令大名。今日晤面，实为荣幸。来，干杯！"

萧华也谦虚地答道："我也早闻沈主席大名，今日专程来访，共商抗日大计，我提议，为国共两党团结抗日干杯！"

沈鸿烈面部肌肉抽动了两下，慢慢地举起酒杯："共商抗日大计，不敢当啊！山东近年多灾，百姓负担很重，贵军军饷很难筹措，还请往河北征粮派款。"

萧华接过他的话头，说："沈主席，蒋委员长曾经在庐山号令全国，战端一开，那就地不分南北，人不分老幼，无论何人，皆有守土抗战之责任。时隔一年，沈主席不见得就如此健忘吧？"

沈鸿烈拿手巾直擦头上的虚汗。萧华见状，淡淡一笑，说道："在这民族危亡之际，中华儿女应该携起手来共同对敌。我党的抗日民族统一战线的主张，已经得到了越来越多的人拥护。"

沈鸿烈呷了一口酒，骄横地说："统一？该不是把各路人马都统一到你八路军的麾下？倘若有人借用抗日名义，扩张地盘，居心何论？听说，贵军吃掉了一些地方部队？"

萧华一脸严肃，郑重地回答道："对于破坏抗日的汉奸武装，对于助纣为虐的害群之马，理应除之！我们收复之地，都是'国军'遗弃、日本侵略者占领的地方，收复这些失地，是每一个中国人的责任！"

沈鸿烈听了，更是一个劲儿地擦汗。萧华诚恳地劝道："沈主席大可放心，我党诚心奉行国共合作方针，一切皆从抗日出发。眼下大敌当前，民族危亡之际，我们彼此都应去掉成见，精诚团结，共同抗日。"经过一番唇枪舌剑，沈鸿烈对萧华刮目相看。

不久，沈鸿烈又致函萧华司令，说是要来乐陵洽商政事。这天，沈鸿烈带着鲁行政督察专员、公署副专员薛儒华及一个营的卫队，坐着汽车，前呼后拥地进了乐陵城。萧华偕邓克明、符竹庭、周贯五等纵队领导，以及乐陵县县长牟宜之，在县府门外迎接。

酒席间，沈鸿烈又端出主席的架子，要挺进纵队撤出鲁北。萧华据理回绝。沈鸿烈事先安排好的两个马弁见事不可为，便立即挟着牟宜之把他推上汽车，迅速离开。变故突发，在场之人又气又急，却又无计可施，毕竟牟宜之是国民党山东省府委派的官吏，自己不便干涉。萧华却神色自若，胸有成竹地目送汽车离去。

沈鸿烈的汽车刚刚开到城外南关，便被群众团团围住。"留下牟县长！""反对破坏抗日者！"沈鸿烈吓得半死，又怕激起众怒，只好命人把牟宜之推下汽车，慌忙逃窜。

两次会谈揭露了国民党顽固派积极反共、消极抗日的嘴脸，鼓舞了冀鲁边区军民的反顽斗争热情，打破了国民党顽固派"冀鲁联防"的图谋，争取维护了冀鲁边区的抗日统一战线。

2. 超越战争的情谊

1982 年 2 月某日，北京八宝山革命公墓殡仪馆里，正举行原济南军区副司令员、抗日战争时期八路军山东清河军区、渤海军区司令员杨国夫同志的追悼会。在长长的吊唁队伍中，几位身着笔挺的黑色丧服、架着素洁花圈的日本老人，引起人们的注意。他们来到杨国夫同志遗体前肃立默哀，深深鞠躬……他们是来自日本的原日人解放联盟渤海支部成员。

1941 年 8 月，清河军区在寿光县北河战斗中俘获了三个日本兵。其中一个叫松木。清河军区首长决定用我党的统一战线政策和俘虏政策教育这

日人解放联盟成员向日军据点喊话

些被俘日兵，把他们争取过来。

刚巧不几天，部队首次缴到一挺日本九二式重机枪。大家对这玩意儿一窍不通，军区政治部敌工科股长郭建平就想请松木帮助讲解一下。松木不仅不讲，还用力一脚把重机枪踢翻在地。

"揍这小子！"重机枪手们气坏了，个个握起拳头。

"不准动手！"杨国夫司令员闻讯后及时赶来。

杨司令员通过郭股长向松木说："念你无知初犯，可以原谅你。但这是极大的错误。相信你会悔过的，回去好好想一想吧。"

"大家要有耐心，"松木被带走后，杨司令员边分析边指示说，"日本士兵大都骄傲蛮横，爱面子，要他们把技术教给我们是不容易的，还需要做艰苦的思想教育工作。"

"是呀，"特地赶来的清河区八路军三旅刘其人政委接着说，"几年来才抓到这么几个日本兵，教育好了可以发挥很大作用。"

这年年底，清河区的抗战进入最艰苦的岁月。部队生活极端艰苦，吃不上饭，就用树皮、草根充饥。但对松木他们，则在生活上尽量给予照顾，有时还想法给他们弄点大米或面粉改善一下伙食。每月，部队干部、战士仅发一元钱的津贴，却给他们发两三元，有时还发给他们卷烟。敌工科的工作人员更是形影不离地照顾他们，战斗间隙还和他们聊天，启发他们觉悟。

劳动人民出身的松木亲眼看到长山县抗日根据地一年之内遭到日军多次"扫荡"，房屋化灰烬，群众遭杀戮，妇女受奸污，心中受到极大的震动。松木他们渐渐变了，特别是对会说日语、负责管教他们的郭股长，更是主动打招呼、提问题、谈感想。

一天上午，松木听说杨司令员病了，要求郭股长陪他去看看杨司令员。发现病中的杨司令只能吃又黑又绿的菜团子，而自己一个阶下囚吃的还是白米饭。他深深地感动了，一步跑进杨司令员的住房，向杨司令员深深地鞠了一躬！

松木对郭股长的信任逐步加深，几乎到了无话不说的程度。一天黄昏时，他们来到村外的原野散步。松木问："我们以前一直很奇怪，你们对我们从不打骂训斥，而是处处关心照顾。即使假意做作，也没有这个耐心呀！"

"我们是在认真执行优待俘虏的政策。"郭股长抬起头响亮地说，"这是毛主席制订的政策！"感觉到松木思想上的变化，郭股长特别高兴。

1941年年底，松木被派到位于滨海区的在华日人反战同盟山东支部学习培训。归来后，他身着整齐的八路军军装，腰里挎着一把手枪，简直和原来判若两人。清河军区的首长建议松木他们也成立反战组织。1942年9月18日，在华日人反战同盟山东清河分支部正式成立，松木为支部长，中野为副支部长，他们宣读了支部的宣传纲领和《告日本士兵书》，表示誓愿为消灭人类之公敌日本法西斯主义而奋斗，并愿在共产党八路军友谊的协助下，为日本劳苦人民之自由而努力！

1944年7月，日人解放联盟渤海支部成立，盟员有10多人。针对日军思乡厌战的心理，盟员们编写了许多"思乡曲"之类的家乡小调。他们还分散到各连，教会战士们喊几句日本话，在抗日战争中起到了极大的作用。

抗日战争胜利后，日人解放联盟渤海支部结束了它光荣的历史使命。联盟支部的那些盟员又和渤海区的部队一起赴东北参加解放战争，直到全国解放后才陆续回国。

3. 豹子队集市打"狼"

"为人不走正道，出门碰上'王豹'。"在蒲台县（后并入博兴）有一支"豹子队"。"豹子队"天不怕地不怕，杀出了名气，打出了威风，而"豹子队"集市打"狼"的故事在当地更是人人皆知，家喻户晓。

1942年，蒲台县大部分地区被日伪占领，中共蒲台县委、蒲台县抗日民主政府被挤到广饶、博兴边沿地带活动。为了坚持抗日斗争，县委决定由蒲台县公安局政卫队副队长王秉忠任队长，组建一支短小精干的武工队，深入敌占区，打击日伪，扩大政治影响。

武工队刚组建时只有 5 个人，虽人少，但灵活机动，闹得敌人坐卧不宁。王秉忠的小名叫"豹"，当地老百姓知道武工队是"王豹子"率领的，便亲切地称武工队为"豹子队"。

1942 年 3 月 15 日，中共蒲台县委、蒲台县抗日民主政府和县直属机关，集结在止河头村准备开会。夜里，突然遭到敌人包围袭击。县公安局局长陈祝兴率公安局干部战士浴血奋战，掩护县委、县政府领导和机关突出重围。在突围战斗中，有 7 名战士献出了生命。这是清河区抗日根据地有名的"止河头惨案"。蒲台县的日伪势力重新抬头，他们扬言：蒲台县的共产党负责人被打死了，抗日力量不出几个月就会被统统消灭……蒲台县委指示"豹子队"迅速出击，用铁拳消灭敌人的气焰，用战斗的胜利鼓舞民众的抗日热情。

董家集是离县城不远的一个大集市。伪军十一团的人也经常到集上活动。"豹子队"决定在董家集上除掉伪十一团的特务队队长刘丙千。

刘丙千是个贪财好色的铁杆汉奸，老百姓恨透了他，背后都叫他"吃人狼"。"吃人狼"更是董家集的常客，逢集必赶。

这天早饭后，王秉忠等人化装成农民，奔董家集而来。赶集的人很多，一些伪军也夹杂在里边，他们歪戴帽子，斜披衣，倒背着大枪，这里转转，那里凑凑，从这个摊子抓包香烟，在那个摊子拿几个鸡蛋，看见年轻的姑娘、媳妇，还嬉皮笑脸地挤一下子，撞一膀子。老百姓在心里咒骂，脸上却不敢露出来。

"豹子队"走到一个饭铺附近，四下一看，今天赶集的伪军太多了，刘丙千在哪里呢？他们保持一定的距离，分头搜寻。刚走了几步，走在前头的张树坦折回头低声对队长说："前面来了几个特务队的人。"说话间，果然迎面走来了四个家伙。王秉忠一眼便认出，最前面穿便衣，挎匣枪，走路大摇大摆的人就是"吃人狼"，后面三个背"马拐子"的是他的保镖。

说时迟，那时快，王秉忠绕过一个货摊，从挎篮中摸出匣枪，嗖地朝刘丙千扑了过去，枪口点着刘丙千的脑袋开了枪。其他队员几乎同时朝三个背"马拐子"的保镖开了枪，集炸开了，人们四处乱跑。

王秉忠没管那些，抢上前去要摘几个汉奸的枪。哪知枪被压在身下，一时拿不出来。这时，突然前面的店铺里闯出了十几个伪军，王秉忠只好带着队员们遗憾地撤出了村子。

事后，群众在街头巷尾，议论纷纷"豹子队"真是有豹子胆量，在汉奸窝里就把"吃人狼"给打死了，真是老天爷有眼！

4. 妙计歼敌记

1944 年，德县（今属陵县）七区队在一次战斗中缴获了敌人两部电话机。战士们常常夜间带着电话机爬上敌人的电线杆，接上自己的电话线，偷听敌人的通话，侦察敌情。后来，德县七区区长兼区队长的张龙突然想起一个好办法，那就是能不能用电话机来指挥敌人，听我调遣呢。这个想法一提出来，大家都赞成试一试。经研究，目标选中了德县八区的陈宝亮据点。

陈宝亮据点是 1942 年冬安设的，位于八区的中部，起初驻有日军 30 多人，伪军 1 个中队。后来日军撤走，就只剩下了伪军。

1944 年春，七区队驻鲍庄。一天下午，侦察员宋建丰跑来汇报说："我在北边公路上看见张振海了，骑着车子由西来，往东去。可能是从德州回陈宝亮据点。"张振海是陈宝亮据点的伪军司务长。张龙想了想说："咱们不是早就想打陈宝亮吗，你们看看这样行不行？"随后，张龙就把用电话机诱骗敌人的想法一说。宋建丰听完乐得一蹦高说："好办法，我看准行！"另有人说："光我们区队完成这个任务还有困难，还得要求县大队来支援。"于是，他们一面派人向县大队报告，一面令人准备电话机、干电池，迎接晚上的战斗。

晚饭后，区队出发到东乔家。张龙到大队部向冯三荣、时俊宇汇报。时俊宇说："这个想法很好。究竟有没有把握，还得试试看，今天晚上就行动吧！"冯三荣说："我看，由大队部统一指挥，战斗由大队负责。区队不分配任务，随大队部活动。在夜间战斗，参加的单位多了，不便于指挥。张龙同志负责与敌人通话，调动敌人。12 点以后行动。"

午夜时分到了，队员们踏着沉沉的夜色，半个钟头多一点，就到达目的地——八区南北辛庄东南方向二里许一条南北官沟处。部队停下来，就此设伏。

这次战斗以一连为主，部署在公路两侧，成布袋形，布袋口正对陈宝亮据点方向。又派出侦察员到据点附近探听动静，并向边临镇方向派出警戒，其他战士就地休息。张龙遂命令战士刘春旭和侦察员小王，在官沟东岸一棵电线杆上，切断敌人由德州通往陈宝亮的线路，接上部队自己的电话线。张龙深呼口气，静了静心，左手按着电话机，右手摇铃，随即拿起送受话器，向敌人发问："喂！陈宝亮吗？"陈宝亮伪军值班员接话了："我是陈宝亮，你是哪里？"张龙说："我是德县城里，叫你们队长接电话"对方问："你是谁呀？"张龙模仿着伪县长佟昌五的护兵陈贯五的腔调说："我是陈贯五，快去，有要紧的事。"不一会儿，铃又响了，有人问："你是谁呀？"张龙镇定地回答说："我是陈贯五，你是孙队长吗？"对方说："我是孙盛元。"张龙又问："张振海今天从德州回队了吗！"孙盛元说："我还不大清楚。"张龙随即向他传达命令："县长教我通知你，要你今夜派一个小队，配合皇军到七区将军寨去弄粮食，八路在那个村存的有粮食，拂晓前赶到，不得有误！"孙盛元不疑有诈，赶忙答道："是！是！"

电话打过不久，侦察员回来报告说："敌人准备出动了，听到据点院内有集合点名的声音。"冯大队副发布命令："敌人出动了，准备战斗。"战士们早已做好战斗的准备。冯大队副是机枪老手了，他对机枪手薛长金说："把机枪给我，你打手榴弹吧！"

时间不久，满怀抢粮梦想的伪军将军寨走来，一步步地钻进了埋伏圈。冯大队副喊了一声"打"。密集的子弹如同暴风骤雨直向伪军们冲去，手榴弹爆炸声犹如山崩地裂，伪军们胆破魂飞。埋伏在公路两侧的战士们，从两面冲入敌群。伪军们被打得晕头转向南北不辨，还没反应过来，就迷迷糊糊地全部做了俘虏，无一漏网。

这一仗打得确实是漂亮、干脆、彻底。

5. 伪王道部队起义

王道部起义，拉出了一个 2000 余人的建制团，是山东战区自抗战以来伪军起义规模相对较大的一次。为此，山东军区司令员兼政治委员罗荣桓、副政治委员黎玉、政治部主任萧华特意发电，向山东军区独立旅王道司令员及全体官兵致以亲切慰问。

王道，原名王徽绂，他是山东莒县大地主，是中共第一次代表大会代表王尽美的族孙。1937 年七七事变后，日军继续南下，王道与国民党人王立亭合组抗日游击队。1942 年 9 月，王道率部投降了日军，被编为灭共建国军第一师独立团，后改为第八团。

王部被敌人收编完毕后，即被调离原驻地大本营，这严重削弱了王道部队的力量。1943 年 4 月，敌伪"扫荡"开始，王道部队又在日军驱使下充当马前卒，吃尽苦头。

到了 7 月中旬，抗日军民发起夏季反"蚕食"战役，并于7 月 13 日晚三面包围了王部前哨斜里巴据点，并采取狠打而不消灭的战法。王道向附近鬼子据点求援，得到的回应只是远远地放了三炮。第二天，王道向张店日军司令部请求把部队撤到寿光丰城一带补充，得到的回答却是"没有命令，不许撤退"。

王道突然意识到，跟日本人干不会有好下场。于是，他找到自己的族妹夫、秘书科长刘同太和秘书越锡九反复商量，决定派勤务兵周全与八路军取得联系。

清河军区首长看了刘同太写来的信，一致认为，当前是争取王道部的好时机，就写了回信给刘同太，欢迎王部派人来面谈。

很快，王道派刘同太前来面谈。刘同太由张国民股长陪同，受到清河军区司令员杨国夫的热情接待。不久，刘同太第二次来到了清河军区司令部，再次提出了自己的担心。王部后方在青州，司令部在寿光的丰城，驻地分散，不好管理。清河军区决定打几次假仗，帮助王道整合部队。

一天夜晚，在刘同太代理司令的指挥下，王部的"撤离"和八路军的"进攻"同时开始了。刘同太"激战"一夜，抬着几个血迹斑斑的重"伤号"被迫撤退，从石村日军据点眼皮底下走过小清河桥。日军哪会想到，原来王部杀了一头驴，高高兴兴地饱餐了一顿，临出发前将驴血抹在"伤员"身上。就这样，王道部队顺利撤回丰城。

根据新的情况，中共清河区党委、军区对王部的工作进行研究并确定了方针。为加深我军与王部的关系，清河军区决定由张国民负责与王部联系，并派沈复民以刘同太同学的关系和上尉副官的职衔为掩护，常住丰城开展工作，并先后发展了刘同太、孙良栋、王伟三、张耕民、张希三等为为中共党员。

1943 年 7 月至 1944 年 5 月初，清河军区先后派王道的拜交兄弟、省军区参议室主任牟宜之和司令部敌工科科长符浩前往丰城，再做王道的工作，最终约定王道部择机起义。

1944 年 7 月初，王道提出在起义前想同杨司令见一面，有些事需当面请示和敲定。7月10日下午，王道在张国民陪同下，在辛庄不远的刘家集村见到了清河军区司令员杨国夫。这天，天气炎热，加上王道体胖，不断地擦汗，见到杨司令又兴奋又激动，又是抱拳又是作揖。他紧紧握着杨国夫的手激动地说："我能走到今天这一步，全靠司令你啊！"杨国夫说："王司令是知书达理、明晓民族大义的人。我相信王司既然迈出了这一步，是一定会走到底的。"

7月20日夜，王道率部起义。王部各营迅速集中到辛庄，共2000余人。在王部向辛庄集中的同时，我军主力进入丰城及其周围的王部据点，连夜将所有碉楼、沟墙平毁。

8月7日，王部改编为八路军山东军区独立第一旅，王道为旅长。9月初，王道奉命率部南下。临行前，他以全体干部和士兵的名义向渤海区军民写了一封真诚的、感人肺腑的信。

从此，王道部队便以新的面貌和实际行动投入抗击日本侵略者的斗争中。

6. 生擒竹田大尉

1944年秋季的一天傍晚，博兴一区中队接到了上级的命令：严密封锁博城附近的公路，坚决阻击南来的敌人。两天内不许放过一辆汽车、一个敌人。要迅速行动，不得迟误。

当时，一区中队仅有40多人，大多是新兵，战斗经验不足。大家反复推敲，最后才确定了行动方案。一是连夜动员群众在公路上挖大量的阻截沟，使敌人的车辆无法通行。二是区中队和各村的民兵分段埋伏在公路两侧，当敌军在公路上通过时，就乘其不备来一个突然袭击。会议结束后，一区中队马上开始了行动，大约三更时分，几十条阻截沟全部挖好。忙碌了大半夜的战士和民兵连口粗气也没顾上喘，便分段在公路两旁的庄稼地里埋伏了起来。

天快晌午了，突然从博城方向传来了豆腐梆子声和吆牛声。这是预先定好的联络暗号，大家立即明白：敌人来了。紧接着，一个哨兵快速跑来报告说，一辆满载着敌人的大卡车从南面开来了。

霎时间，区中队二、四两个班的战士集合好了，临近几个村的民兵也闻讯赶来了。队长牟子刚简单地讲了一下，就带领队伍跑步出了村，钻进青纱帐，迅速向着公路两侧迂回前进。

原先早已埋伏好的一、三班的战士，更是个个全神贯注，两眼一眨也不眨地盯在公路上。不一会儿，敌人的大卡车驶到了近前，大家清楚地看到汽车上有个日军军官和十几个伪兵，一个个箱子里装着好多军用品。

这时，一班长张洪庆和三班长黎明刚看到敌人就一辆卡车，后续敌军还没有上来，他们便迅速地研究了一个战斗方案：3名战士留在原地作为"明枪"，吸引和转移敌人的注意力，其余的同志以豆地打掩护匍匐前进，迅速迂回到汽车前后，来一个猛打猛冲，迅速解决战斗。

汽车就要撞入阻截沟了，突然停了下来。车上的敌人纷纷从车上跳下来，趴到了地上。这当儿，敌人突然发现了豆地里好像有人在活动，便朝着豆地里打了枪。

留在原地当"明枪"的战士一看也立即开枪还击，一下子把敌人的火力吸引了过去。此时，张洪庆他们匍匐到了离汽车只有不到30米的地方，大喊一声"打"。顿时，一二十颗手榴弹一齐朝公路上飞了过去。敌人被打得乱了套，张洪庆和常明刚不约而同地高喊："冲啊！"20多个英雄健儿如同猛虎下山，一齐朝溃逃的敌人扑了过去。

就在大家收拾伪军军官的同时，张洪庆和一个叫毛培清的战士，正沿公路追赶着一个五大三粗的日军军官。那家伙一面拼命地向博城方向逃窜，一面慌慌张张地朝后乱打枪。不一会儿，日本军官把枪里的子弹就打光了。张洪庆紧赶了几步追上去。他用大枪对准日军军官拿枪的右手用力一搏，手枪飞出了老远。这时，跟在张洪庆身后的毛培清也赶了上来，用脚使劲朝日军军官的屁股上一踹，日军军官一下子摔倒在地上，被战士们生擒活捉了。

这次战斗所获的战利品之多，是一区中队前所未有过的，特别是还缴获了一挺水压重机枪，这是当时十分罕见的武器。

通过审讯才得知，活捉的日本军官原来就是利津、张许两个据点的教导官竹田大尉。为了加强这两个据点的防范，前些日子他带着一批伪军中队长去北平受训，回来时还特意带上了王牌武器水压重机枪，想在利津和张许的据点显"威风"，没料到这些庞然大物，在回来的路上都落到了一区中队手里。

7. 营救美国飞行员

太平洋战争进入第三年后，美英苏反法西斯同盟国加强了在中国战场上的空中攻势，经常在日军占领区上空执行任务，袭击地面目标。

1945年1月的一天下午，美空军准尉谢罗曼驾驶的战斗机被驻沧县的日军高射炮击中。飞机被迫降落在渤海区境内沧县南冯家口车站与泊镇之间的十八步邢家村附近。谢罗曼准尉为防止日军夺走飞机，便点燃飞机油箱，将飞机烧毁。

这时，邢家村的青年农民刘玉祥正推车回家，望见远处的滚滚浓烟，便前来查看，看到一个身穿飞行服的洋人正坐在离飞机几十米的雪地上。这个洋人看着年轻，他看到刘玉祥后便解开飞行服，露出里面穿着的一件白布制成的大坎肩，上面用中文写着"来华助战洋人，军民一律保护"的字样。他一边指着这些字，一边用生硬的中国话说："我是飞机……打日本。"

当时，谢罗曼的臂部、胸部、肋部和胫部都已摔伤，刘玉祥迅速把他背到车上，飞跑着回到十八步邢家村，将谢罗曼掩藏在一间车棚的暗夹墙里。同时，立即派人寻找在当地活动的八路军渤海军区一分区的部队。

泊镇据点的日伪军果然来到十八步邢家村搜捕。日伪军百般威胁利诱，可全村的群众异口同声地说："开飞机的没到这里来。"日伪军不相信，发疯般地查户口、扒夹墙、挖地窖。所幸在群众的掩护下，谢罗曼始终没有被发现。

美国飞行员谢罗曼（左）在渤海区驻地与翻译王绍堂

八路军渤海军区一分区司令员傅继泽、政委陈德在得到美军飞行员迫降被救的消息后，立即派部队从十八步邢家村将谢罗曼准尉接到分区司令部驻地，对外严密封锁消息。同时向中共渤海区党委和军区报告，等候指示。

陈德政委为表示团结战斗的友谊，将战利品一支小型左轮手枪送给谢罗曼。驻地房东的一个小姑娘还用土法染就的粗布缝制了一个背包送给他。谢罗曼准尉说，这很有纪念意义，他会常常感念中国人民的友情。

为确保谢罗曼准尉的安全，并使他的伤病得到更好的治疗，渤海区党委、军区命令一分区派得力部队，安全护送谢罗曼到渤海区党政军领导机关驻地广北史家口一带。分区护送部队给谢罗曼准尉换了便装，乘夜出发。在穿过无棣时，正巧与张子良的部队打了个遭遇战，部队边走边打，终于在天亮前通过了敌人的封锁区,来到沾化县抗日民主政府驻地丰民村稍事休息。

一天,沾化县抗日民主政府正在丰民村召开隆重的新兵入伍欢送大会。谢罗曼准尉在渤海区党委专程派来迎接他的临时翻译、渤海区行署司法处秘书王绍堂的协助下,即席发表了慷慨激昂的讲话。他说,他亲见中国敌后战场在中国共产党的领导下,对中国战场以及世界战场所起的重大作用。中华民族是任何力量也征服不了的伟大民族。中国共产党领导下的军民是强大的,而且是世界反法西斯盟军的可靠战友。

谢罗曼准尉安全抵达广北史家口后,渤海军区司令员杨国夫、渤海区党委书记兼军区区政委景晓村、渤海区行署主任李人凤等领导同志特意准备了一桌中国化的"西餐"款待他,并送给他一套八路军的棉军衣。谢罗曼准尉十分高兴。在参观八路军司令部驻地时,谢罗曼准尉没有看到操场,不解地问他们部队的兵营在哪里。

景晓村政委面对广阔的黄河入海口平原,用大手在空中画了个半圆,说:"这片根据地就是我们的大兵营,广大的人民群众就是我们的军队,整个敌后战场就是我们的练兵场。我们就是要依靠这样的兵营和军队,坚持敌后抗日游击战,来打败武装到牙齿的日本侵略者!"谢罗曼准尉对八路军的抗战业绩表示十分钦佩。

不久,渤海区奉命护送谢罗曼准尉到八路军山东军区。走前,谢罗曼准尉流着热泪激动地说,在八路军和中国老百姓中间,他受到了有生以来最高的礼遇。他将永远铭记中国抗日军民的恩德和友谊。

8. 炮楼里的说书人

　　1945 年 2 月，渤海二分区十三团二营六连驻在离临邑西南 30 多里的牛角店。正当老百姓准备过春节时，二营忽然接受一个紧急任务，要在 5 天内拔除龚家村附近的一个据点，以掩护一批干部通过这里到西北学习。

　　龚家村是一个只有 50 来户的小村庄，离牛角店东南 20 来里，它的西北面就是一个敌方据点，其中有一座三层的圆形炮楼。炮楼里边住着一个小队伪军，小队长经常请人进去为他唱戏。

　　这个炮楼的构筑很坚固，周围是 2 米多深的壕沟，还有好几道铁丝网。由于战士们不经常在这一带活动，对据点的具体情况不够了解，要在 5 天之内拿下炮楼，困难很大。

　　一天的时间过去了，侦察员还没有什么结果，大家都暗暗着急，这时四连王副连长提出一个建议，大家听后都表示赞同。

　　第二天，龚家村来了一个说大鼓的。这人中等身材，20 多岁，身穿蓝色棉袍，头戴灰皮礼帽，带着大鼓和一个小包袱。他到这里一说书，老乡们都听迷了，消息便很快传开了。

　　当天下午，他正在说书。突然，一个伪兵挤进来说："队长请你去说书。"他一听就害怕起来，马上要溜，一个贼眉鼠眼的伪兵一步抢上前去，端着枪凶神恶煞地说："你这个不识好歹的家伙，我们吕队长赏识你才叫你去，你还装腔作势。"

说书人胆怯地赔笑说："不是我不愿去，我们干这行的都是为了混碗饭吃。"伪军瞪起两眼骂道："又不是不给你钱，走！"这时，好心的老乡怕惹出是非，都劝他说："去吧，去吧！这有什么法子呢！"于是这位说书人只能提着大鼓无可奈何地走进了炮楼。

说书的一进去，吕队长叼着半截香烟，斜着眼打量了他一下说："听说你的书说得不错？""哪里，哪里。"说书人连忙弓着腰回答。"让你说你就说！"接着队长就领他上了二楼。说书人先来了一个最拿手的小段"猪八戒招亲"，惹得吕队长哈哈大笑，连声称赞。

这夜，说书人从7点钟就开始说，说完了一个"武松打虎"，又来了个"三打祝家庄"。伪军们听得入神，吕队长坐在最前面，眯着眼睛，口里吐着烟圈，随着唱腔晃荡着脑袋。说书人一直说到11点多才休息。

第二天，说书人急着要回去，吕队长哪里肯放，于是他没有办法只好又说了一个上午。这上午，说书人说唱得更加卖力，直累得满头大汗，嗓子都哑了。这可把吕队长乐坏了，对他称兄道弟地满口夸奖，请他喝酒吃菜。伪军士兵也对他很随便。休息的时候，说书人好奇地这里看看那里转转，好像从来没见过这样宽敞的大楼似的。一会儿又到楼下聊聊，几个伪兵还围着他，要他再唱个小段。

休息了一个下午，说书人便找吕队长说："很对不起队长，本来应该在这里陪队长和弟兄们多乐几天，但是因为小弟家里还有二老爹娘放心不下，得回去看一看……"吕队长再三挽留，说书人答应过一两天再来，吕队长才放他回去。

其实，这位说书人就是四连的王副连长，家里几辈子都会说大鼓，他从小就学会了这一手。听说吕队长好听大鼓书，于是就想到了这个办法。进去之后，他留心观察了地形、工事、武器、配备等情况，还趁休息的时间把炮楼周围都看个明白。

他一回到营里，连忙一五一十地说了情况：炮楼的东北方较空虚，南面很坚固；敌人共49人，有土造捷克式机枪2挺；壕沟没有什么水……营里决定当天晚上从东北方向主攻，在南面佯攻。

夜里9点多，战斗打响了。伪军的主要兵力给我们吸引在南面。王副连长亲自带领一个排从东北面闯进去，很快拿下了全部伪军，最后烧毁了炮楼。当战士们把吕队长带到副连长面前的时候，吕队长一下愣住了。王副连长抹了下帽子，笑着说："吕队长，昨天说的那段'三打祝家庄'，大概还没有忘记吧！"吕队长吓得连一句话也说不出来。

9. 漂亮的双井伏击战

滨城区滨北办事处以北14里处的双眼井村，曾发生过一次漂亮的伏击战，是由滨县独立营滨北区中队中队长刘振声、指导员董玉书指挥实施的一次由弱胜强的战斗。

1945年1月7日晨，滨县独立营侦察员张福泉得到"日兵和汉奸驱车到双眼井抢粮"的可靠情报，马上报告给住在北吕村的三班班长张志田。

张志田感到情况紧迫，便叫张福泉火速报告给滨北区六中队中队长刘振声、指导员董玉书。刘振声、董玉书及区委张明礼来到北吕村，召开紧急会议，拟定出了出击方案。

日伪军来到双眼井村以后，到处豪取强夺。午时，日伪军刚刚集中起来准备吃饭。刘振声带领战士们迅速绕到敌后扔出了五六枚手榴弹。日伪军被这突如其来的爆炸声吓蒙了。日军小队长山本慌忙命令部下一边开枪反击，一边向村外撤退。

日伪军刚出村，董玉书就指挥着埋伏在村西沟头的战士们一齐开火。日伪军慌忙向东逃窜。当日伪军逃到十里堡村东的公路上时，又遭到战士刘二经等人截击。刘志贤和王保常、宋荣全在南吕家听到枪声也赶来助战。

日伪军挨了这一阵截击后疑神疑鬼，觉得到处都是八路军，不敢走公路，只好沿庄稼地向滨县逃窜。刘振声带着战士们边追边打。城里的伪军耿兴盛、杨占元得知情报后派来援兵，才把这股逃敌接进城去。下午4时许，日伪军派出马队报复，但因天色已晚，又恐遭伏兵袭击，在城外转了转便回城了。

在这次截击战斗中，滨北区六中队以30多人对付数倍于己的日伪军，共打死、打伤日伪军官兵13人，截回被抢劫的粮食、财物40多车。此战后，滨北区六中队的活动范围由城北扩展到城西。

10. 智取无影山

无影山地处邹平县南面，长白山下，这里松柏葱郁，林果茂盛。山的东侧有一条小溪，景色如画。由于形状像个胖胖的"大面包"，太阳下也显不出阴影，当地群众给它取了个形象的名字"无影山"。

1939年，日本侵略军加紧了对敌后抗日根据地的进攻，并在无影山上修筑了据点。无影山松柏被砍，果树被毁，秀丽的山岗换了模样。

1945年春，邹长独立营在地方党委的支持下，决心拔掉这颗钉子。但据点依山而建，且修筑了各种火力工事。在据点外围，又挖掘一条5米多深、4米多宽的壕沟，沟底有削尖的木桩，内外侧还设有鹿寨、铁丝网等障碍物，进出据点只能通过一座特制的吊桥。大家一致认为攻打无影山据点不宜强攻，而应智取。

地方党组织为了配合部队行动，派来了富有对敌斗争经验的敌工部部长赵冠英。赵冠英深入敌后，积极对伪政权人员及其亲属开展争取工作。不久，就教育和争取了伪乡长刘尚西。刘尚西提供了自己每隔五天就给无影山日军据点送一次烧柴的重要情报。

7月初，瓢泼似的大雨一连下了好几天。一天下午，刘尚西急匆匆地跑来报告说：无影山点的日军又催柴粮了。

战机到了，为了赢得时间，子夜时分独立营战士便从西庵村悄悄地出发了。在夜幕的掩护下，神速地到达预先指定地点，埋伏了起来。

第二天清晨，刘伪乡长带路，后面跟着6个挑柴工，从于张村向无影山走来。挑柴工其实是马立水、小昌和小齐等6个战士乔装打扮的。见到有人过来,吊桥前的日军抬起枪来,指着几人问道:"干什么的?"

"送柴火来了!"刘伪乡长的话音有些颤抖。机灵的小齐赶忙接上话头,用手指着柴火大声说道:"我们是良民,来送柴火的!"

这时,"挑柴夫"在吊桥前沿放下担子,一边用毛巾擦着汗,一边朝日军哨兵挥手点头。

刘伪乡长也镇定了下来,清了清嗓子,高声向哨兵道:"我是刘乡长,快开门吧!"

日军认清确实是伪乡长,也就不再盘问,放下吊桥,让"挑柴夫"进入据点院内。

此时,天刚发亮,大部分日军还没有起床。日军小队长木村,看到柴火,忙向伪乡长打招呼。可还没等他说话,大个子马立水手起一枪,打死了木村。紧接着,大家迅速从柴草里抽出手枪、手榴弹,以迅雷不及掩耳之势,直扑日军住房,刹那间,战斗打响了。还在梦乡中的日军兵,不知咋回事,就被打倒在地。

埋伏在唐家庄的那个排,听到据点的枪声后,迅速穿过吊桥,与据点内的战士会合,打扫战场,清理武器弹药、通信器材,把能带的战利品,统统带上。然后,在炮楼四周堆上干柴和沾着日军血的被子,浇上煤油点着。霎时间,滚滚浓烟冲天而起,十几里外都能看见。

这次战斗,从打响到结束不到一个小时。消灭敌人130多个,缴获了大量武器,我方无一伤亡。

11. 活捉王耀武

"解放济南府，活捉王耀武。"在 1948 年山东境内，这个口号几乎人人皆知。

1948 年 9 月，中国人民解放军华东野战军遵照中央军委的命令，胜利结束济南战役，共毙伤俘敌 8.4 万余人。然而，国民党第二绥靖区司令官、山东省政府主席兼保安司令王耀武始终没有找到。华东野战军前敌委员会、中共中央华东局社会部下达命令，在各交通要道、渡口码头、车站增设岗卡，盘查潜逃漏网的国民党溃军。

9 月 28 日早，潍坊寿光县公安局执勤战士刘玉民、刘金光、张宗学等人在张建桥上站岗，突然发现两辆胶轮大车和几个人由西边过来，形迹十分可疑，便把他们扣了下来。

张建桥是沧（口）潍（县）公路的咽喉要道，也是寿光县公安局重点把守的路口。审讯干事王洪涛听闻后，立即赶往现场。这时战士们已押着人和车进了屯田村。第一辆车上坐着一个男青年，连上躺着一个人，用棉被捂得严严实实，头上包着白毛巾。后一辆车上坐着两个普通妇女。此外，还有两个赶车的和一个跟车人。

王洪涛迎上去，问车上坐的青年："你们是干什么的？""俺是在济南开馆子的。到青岛寻朋友，混碗饭吃。""你叫什么名字？"青年略带惊慌地说："乔玉容。"王洪涛又问："车上躺的是谁？""乔玉容"慌忙用身子挡住车，结结巴巴地说：

"他……他……是俺叔，病得不能动了！"王洪涛掀掉了车上的棉被，发现车上躺着一个满脸络腮胡子的中年男子，伸出舌头直摇头，表示"病"得不能说话。王洪涛伸手解下他头上包的白毛巾，一下愣住了。原来，这人前额上端的皮肤很白，与黑红的脸泾渭分明。这不就是国民党军官长期戴大盖帽留下的痕迹。

王洪涛命令中年男子下车。"乔玉容"焦急地摆手说，他炸坏腿了，不能动，并捋起中年男子的裤脚。果然，中年男子白胖的腿上缠着一块白毛巾。王洪涛轻轻一笑，伸手把毛巾解了下来，腿上没有半点伤痕。

中年男子一看露了馅，慌忙要爬起来，而旁边的"乔玉容"则立刻跑过去把他背下车。下了车，中年男子又要上厕所，"乔玉容"则掏出普通商人用不起的雪白的手纸。王洪涛更是断定了心中的想法，他让战士们把这一行人分别隔离讯问，他则重点审讯那个中年男子。

在审讯室里，王洪涛用眼扫了一下呆坐在那里的男子，严肃地让他站起来。那人习惯性地两手下垂，腿肚子向后绷着，胸脯朝前一挺，做了个标准的"立正"姿势。

"你叫什么名字？"

"乔堃！"他第一次开口答话，声音低沉而颤动。

"哪里人？什么职业？"

"长清人，在济南开馆子的。"

"那个年轻的是你什么人？叫什么名字？"

"我的侄子，乔玉容。"

王洪涛朝刘玉民和另一公安战士示意，他们俩便上去搜查，把几件简单的行李打开，搜出 2 个小元宝、11 块银圆和 10 万元北海币。北海币是山东解放区的纸币，在国统区不流通。另外还搜出一张"通行证"，上面写着：兹证明我街商民乔堃等人去青岛经商，希沿途军警验证放行。署名益都西关街公所，街长杨云亭。王洪涛严厉地问道："济南的小商人，到益都去开通行证，这是什么意思？"

　　这时，秘书股长王俊健来了。王洪涛和他交换意见后判断，除"二乔"之外，其他人都没问题，于是就放行了。他们开始集中力量审讯"乔堃"。

　　果然，再次审讯时，"乔堃"由长清人变成了"临清人"，由开馆子的变成了打火烧的。问他有多少资本，他说 6 万元，可问他面粉多少钱一袋时，他却回答 10 万元。他的资本还不够买一袋面粉的。问及所住街道及门牌号时，更是答不上来。此时的"乔堃"两腿开始哆嗦起来，他知道自己瞒不住了。

　　时机到了，王洪涛严肃地说："不要再表演了，军官先生，我们已经知道了你的身份。我们共产党的政策一向很明确。坦白从宽，抗拒从严，立功受奖。现在再给你留一个坦白的机会。不过，应该告诉你，你们济南府的 10 多万军队都被我们彻底消灭了，难道你还想逃出人民的手心吗？"

　　下午，公安局局长李培志、审讯股长王登仁和王洪涛开始第三次审讯。"乔堃"一进来，就急着要找县长。王登仁说不用找县长，他们就是专管这事的。

　　"县长……唉……我已经到了这个地步，干脆说实话吧，我就是王耀武！"说完，"乔堃"两手捧着头，瘫坐在地上了。

原来解放军攻入济南城后，王耀武看到败局已定，便换了一身便衣和化了装的卫士们钻出地道，混进难民群中，想逃到青岛去，没想到在寿光张建桥上被抓获。

（二）渤海英杰

在渤海区这片英雄的土地上，在长期革命斗争中，无数先辈出生入死、浴血奋战，转战南北、战功卓著，无数英模身先士卒、呕心沥血，无私奉献、屡建奇功。他们为我党我军的发展壮大，为中华民族的独立和解放，做出了重要贡献。他们的英名和业绩将永载史册。

1. 陈毅的预言

"今日我是'携万民渡河'，不久我军将'饮马长江'，夺取蒋介石的老窝，解放全中国！"1947 年 8 月，华东野战军司令员陈毅在惠民县何家坊向渤海区党委、行署、军区机关干部做形势报告。他指出，随着刘邓大军南进大别山，解放战争全局已经到了历史的转折点。

1947 年 4 月，国民党军队开始对山东解放区发动重点进攻，妄图灭华东野战军于沂蒙山区。根据中央军委指示，解放军实

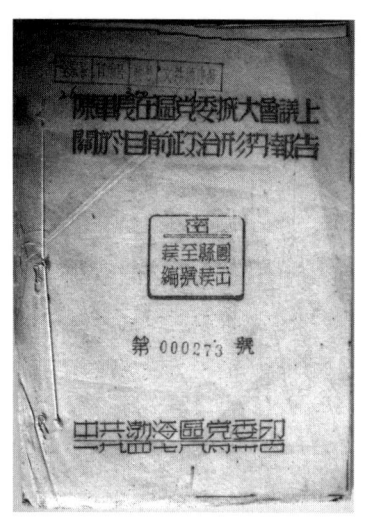

中共渤海区党委印《陈军长在区党委扩大会议上关于目前政治形势报告》

行了战略大转移。7 月，华东局和华东区机关由邓子恢、张云逸、魏文伯、舒同等带领，分别从鲁中、胶东转移到渤海区的惠民、阳信县一带。

1947 年 8 月，华东野战军司令员陈毅和副司令员粟裕带着一个警卫排、一部电台，从高青县过黄河来到惠民县城，准备转赴冀鲁豫边区。

得知这个消息后，渤海区党委书记兼渤海军区政委景晓村和渤海军区司令员袁也烈从驻地何坊村赶到了惠民县城，和陈毅、粟裕会面。随后，陈毅、粟裕来到何坊，适逢华东局领导邓子恢与舒同在此检查工作。借此机会，四位首长一起听取了景晓村的工作汇报。

第二天，陈毅应邀在渤海区党政军机关干部大会上做了一次形势报告。为防敌机袭扰，会址选定在何坊村西北角一片松柏茂密的坟茔里。

上午天气有些闷热，陈毅做报告前索性摘掉帽子，解开衣扣，拿着扇子。他首先讲的是解放战争全局已经到了历史的转折点。这个转折点的标志，就是不久以前刘邓大军突破黄河天险，长驱千里，挺进中原。从此，整个战局迅速扭转，我军由战略防御转为战略进攻。山东战局也将很快发生变化。

略一停顿，陈毅接着说，蒋介石对山东的重点进攻，不是他强大的表现，是在打肿脸充胖子。由于他的有生力量大量被歼灭，已经无法向各个解放区发动全面进攻了，只好收罗残兵败将，向延安和山东来了个所谓"重点进攻"。他的士气很低，"将气儿"也不高。不要看他目前表面上气势汹汹，像个"霸王"，用不了多久，就连他的老窝也保不住了。

陈毅接着又谈到支前问题，他表扬渤海区的支前工作对山东解放战争贡献很大，他说，在山东战场上接连打胜仗的第一功，应当记到支前民工的账上。同志们千万别小看那些独轮小车儿！既勤劳又勇敢的山东人民，硬是用千万辆独轮小车把打仗最需要的许多东西一直推到火线上。在特定意义上说，胜利是用小车推出来的。再加劲向前推，就能推出一个全国胜利来。

此后，渤海区战局的发展很快就证实了陈毅的胜利预言。8月29日，渤海三分区的部队就打下了广饶城，渤海骑兵大队在章丘全歼敌两个营。渤海主力部队，组成渤海纵队，经过3个月的战斗，相继收复邹平、齐东、博兴、青城、广饶、临淄、寿光等县城，迫使敌人龟缩在胶济线上。进入1948年秋，渤海区部队参加了济南战役，"打开济南府，活捉王耀武"。

随着淮海战役的胜利，1949年4月百万雄师过大江。陈毅"解放全中国"的胜利预言成为现实。

2. 平原作战的杨国夫

杨国夫，安徽省霍邱县人，1905年出生于一个穷苦农民家庭，小时候干过放牛娃、纺纱厂童工和雇工。1929年年

杨国夫

初，杨国夫参加中国工农红军，1930年加入中国共产党，1936年入陕北红军大学学习。1938年，他奉命到达山东清河区组织发展地方武装，开展敌后抗日游击战争，成为清河区、渤海区抗日根据地主要创建者之一。

杨国夫一踏上清河区大地，即迅速了解敌情、革命力量以及战斗地形等。清河区地势平坦开阔，日军机械化程度高，而八路军行动全靠两条腿，要改变这种被动状态，必须把敌人机械化程度较高的优势变为劣势。他总结推广群众挖"抗日沟"的经验，并亲自带着警卫员，带头挖起抗日沟。

随后，杨国夫向全区军民发出改造平原地形、大挖"抗日沟"的战斗号令。很快，清河区广大群众发扬创造精神，开挖了"抗日交通沟""抗日封锁沟""护庄沟"等多种形式的"抗日沟"，形成了纵横交错、四通八达，既便于部队机动又利于军民隐蔽转移的"抗日沟"网，筑成能攻能守的地下长城，整个清河平原变成村村相连、庄庄相通的网状地带。这样，敌人通过汽车"长途奔袭"的战术再也不灵了。

1940年，根据中共山东分局和八路军第一纵队的指示，清河区八路军实行战略转移，创建了垦区抗日根据地。杨国夫提出斗争方针，要求坚持河（小清河）南，开辟垦区，巩固清河、黄河之间，坚持军事斗争环节，粉碎敌人"扫荡""蚕食"。一面抽调主力连队与地方武装混合组成"小部队"（即敌后武工队），插入小清河南被"蚕食"地区，坚持开展群众性的游击战争，打击小股敌伪，镇压特务，配合垦区的反"扫荡"、反"蚕食"；一面研究如何粉碎敌人的碉堡政策。当时清河区八路军一无炮兵、二少攻坚器材。如果对日伪的碉堡、岗楼和据点实行强攻，势必会造成很大伤亡。杨国夫召集大伙讨论，利用部队中部分战士过去是淄博煤矿工人、熟悉使用炸药的有利条件，开办起"爆破训练班"，让他们讲授使用炸药和爆破碉堡的技术，试制炸药抛掷器，涌现出一批爆破英雄。

1944 年，清河区与冀鲁边区合并建立渤海区，杨国夫任八路军渤海军区司令员。夏，渤海军区八路军对敌发起局部反攻，并以攻克利津县城为主要作战目标。杨国夫决定采用"围城打援"的战术，先扫清敌外围据点，最后全歼敌人于利津县城。在围攻其外围据点之一张许后，利津县城敌人果然来援。杨国夫命令打援部队让敌援先头部队先进入张许据点。听了司令员的话，有的同志不解，怕援敌进入张许据点后增加我军攻击的困难。杨国夫耐心地解释："战术如同流水，总是因地因时而异。'围城打援'也是如此。通常情况下是引敌来援，我军则乘机在野外伏击。但是我们今天面前的情况却不同：张许据点就这么一点，守敌 200 余人已经展不开了，如再增加兵力就更难展开；且张许据点距利津城不远，打早了援敌回窜，不易全歼。我们且让援敌先头进入张许，再及时斩腰截尾，敌人就跑不掉了。歼灭了援敌，就削弱了利津城内的兵力，进入张许的敌人也只能成为'瓮中之鳖'。"战斗的发展果然如其所料，战士们在攻克张许等敌外围据点后，总攻利津城，全歼守敌。

1945年8月，开展对日大反攻，渤海军区奉命组成第四路前线指挥部，杨国夫任指挥，率领渤海军区南、北、中三路大军，解放了渤海区全境。

1945年10月，杨国夫根据中央军委的指示，率渤海军区七师挺进东北，历任东北民主联军七师师长、六纵队副司令员、第四野战军四十三军副军长等职。

3."菩萨司令"廖容标

1938年8月，中共山东省委书记黎玉同志在延安向毛泽东同志汇报工作时提到红军团长廖容标到山东工作后，被当地群众誉为"菩萨司令"。毛泽东听了很高兴。此后，在接见即将赴山东工作的干部时，毛泽东充满欣喜地说，山东八路军出了个"菩萨司令"，他就是我们的廖容标同志。

1937年七七事变后，抗日战争全面展开，"抗大"学员提前结业奔赴华北抗日前线。廖容标参加的总政举办的"白区干部短训班"的学员也都分别奔赴敌后。10月初，廖容标奉组织派遣在交通员的陪同下到达济南，然后以体育教师的身份到长山中学当教师。

廖容标到达长山中学后，与先期到达的共产党员姚仲明、赵明新一起成立直属省委领导的党小组，在长山中学校长马耀南的支持下，筹备武装起义。12月24日，日军飞机轰炸长山城。

国民党政府仓皇南逃。廖容标等立即把学生带至城南神坛树林内，召开武装起义动员大会，决定选择在长山县九区的黑铁山一带起义。廖容标等从报名参加游击队的青年教师、学生中挑选出60余人，连夜向黑铁山进发。27日，在黑铁山西侧的太平庄，按照山东省委的决定，廖容标庄严宣布山东人

廖容标

民抗日救国军第五军正式成立，廖容标任司令员，姚仲明任政委，赵明新任政治部主任。

1938年元旦刚过，从长山城就传来消息：城里成立汉奸维持会，替日军抓夫抢粮，把长山城闹得鸡犬不宁。1月7日晚，廖容标亲率一支30余人的精干队伍，迂回行军90里，抵达长山城北一个村庄隐蔽。8日，派人侦察敌情。当晚，部队进抵长山城脚，由西北角攀登而入，直奔驻在文庙的汉奸维持会。这次袭击战斗，未放一枪，将汉奸维持会捣毁，全部伪军束手就擒。第五军建立后首战告捷，声威大震。

1月中旬，廖容标、姚仲明率队来到长山六区时，得知小清河成了日军重要的交通运输线，几乎天天都有日军的汽艇或船队往返运输。押运的日军还时常上岸为非作歹，小清河流域的乡亲对日军恨之入骨。1月19日，廖容标在安家庄附近的小清河北岸选择了伏击地点，将由济南东下的日军的一艘汽艇

击沉，歼敌 12 人。

小清河伏击战是第五军首次与日军作战。我方大获全胜，使日军极为震惊。日军调集兵力沿小清河两岸搜寻，并抓来当地老百姓，追问："是什么人干的？"老百姓哪能说出实情，便说："是支'菩萨军'从天而降，来无影、去无踪，谁也搞不清。"从此以后，廖容标指挥的"菩萨军"越传越响，越传越神，廖容标也被传为"菩萨司令"。

第五军在成立后一个月时间内，首袭长山城，伏击小清河，再战长白山，三战三捷，使这一地区的人民群众深受鼓舞。为广泛开展游击战争，五军兵分两路。一路由廖容标、姚仲明率领，跨过胶济铁路，到淄川、博山一带开展活动，开创抗日根据地；另一路由马耀南、赵明新率领坚持胶济路北的斗争，继续扩大力量，相机打击敌人。

廖容标、姚仲明率南路部队攻克淄川县城，破袭胶济铁路，不久便声势显赫。有一次，廖容标率队经过淄川东北的罗村，发现乡亲们都在忙着烧肉、炸鱼、蒸馒头，便问："是不是过节呀？"乡亲们气愤地说："过什么节呀！是土匪翟超向俺们要给养。前几天给他们送去煎饼，他们嫌弃，等煎饼发了霉又退了回来，说是要换鱼、肉、馒头，不换就来烧房子。"廖容标一听，非常气愤。他叫司务长把那些发霉的煎饼买来，洗净煮沸，开饭时，他带头盛了一大碗，大口大口地吃起来。战士们一看也跟着吃起来，但也有少数战士是皱着眉头吃的。廖容标便说："同志们，我们是共产党领导的人民军队，现在人民群众的血汗快要被土匪榨干了，我们不能再给群众增加负担了。"

当地乡亲见了，感动得热泪盈眶，都说这支队伍跟穷人心连心，真是救苦救难的"菩萨军"。这一消息很快在当地传开，从此，"廖菩萨""菩萨司令""菩萨部队"在淄博大地上也传开了。

4. 短臂将军龙书金

新中国成立后的一个冬天，武汉军队总医院内，医生轻轻地解开缠绕在龙书金左臂上的干枯的绷带，映入人们眼帘的是像干枯了的丝瓜的手臂，上面有一块像花生米那么大的疤痕。

这是一次只有五成把握的外科手术，就是把骨折部位切开，用一根钢条把上下两根断骨接上，再用四颗螺丝钉固定住。

"什么子弹那么厉害，把骨头都打碎了。"

"日本鬼子的三八大盖。"

"多少时间了？"

"十几年了。"

"为什么不早接？"

龙书金没有回答医生的问题。自从 1939 年在鲁北老百姓炕头上做过那次接骨手术后，他就用夹板吊着这支残臂，关里关外四处征战，哪里能静养、固定和治疗？

这次手术后，龙书金手臂上打了厚厚的石膏。一个月后，当医生把手臂上的石膏拿下来时，他清楚地感觉到里面咔的一声，骨头又断了。医生说，太晚了，里面的骨头已经朽了，没有再生能力了。医生要再开一刀，把里面的钢条和螺丝钉取出来。龙书金说算了，又要开一刀，太遭罪了。就这样，那条钢条和四个螺丝钉一直在他的手臂内待了50多个春秋。

龙书金，1910年出生在湖南省茶陵县一个贫苦农民家庭里。1930年参军，1932年加入中国共产党。平型关大战时，他任第一一五师三四三旅六八五团连长。1938年6月，八路军总部和中共中央北方局为支援冀鲁边区抗战，决定将六八五团二营扩编为永兴支队，开赴宁津、乐陵一带开展敌后游击战争。萧华率八路军东进抗日挺进纵队抵达边区后，永兴支队改编为第五支队，龙书金任五团团长。

1939年3月，龙书金率五团随支队在陵县以东大宗家一带开展工作。这时，日军板垣师团残部纠集日军2000多人，汽车几十辆，向大宗家一带分兵合围，妄图一举摧毁刚刚建起来的鲁北抗日根据地。战斗中，龙书金的左臂被日军的一颗子弹击中。

战斗结束后，龙书金被送到后方医院。医生说："你的手恐怕保不住了。"

龙书金吃惊地问："为什么？"

医生解释说："弹头在左肱骨炸开，是粉碎性骨折。现在只剩下几根筋连着了。即使不截肢，这只手也废了。"

龙书金大怒："不行，不行，没有手我怎么指挥打仗？"

龙书金的伤势越来越重，于是医生请来萧华司令员做龙书金的工作。

萧华司令员仔细听取了医生和龙书金的意见，然后对医生说："先做接骨手术试试，如果不行，再截肢也不迟。"

接骨手术是在十分简陋的条件下进行的。老百姓家的炕上垫上一块油布，就是手术台。做手术时，龙书金坐在一张靠背椅上，一个护士取来一根粗麻绳。"要捆我，怕我跑了不成？"龙书金惊讶不已地问。"是的，我们没有麻醉药，只能用吗啡代替，它的效果不太好，怕你受不了。"龙书金大笑道："原来是这样。你们可曾听说过关公刮骨疗毒的故事？"说完，他挽袖伸臂："请用刀，保证不动一下。"

手术开始了。果然，龙书金安然坐在椅子上，一动不动，但黄豆大的汗珠直往下淌。手术完毕，警卫员为他脱下衬衣，一拧，竟然全是汗。手术很成功，但医生说接骨，关键在于固定，起码要固定三个月不能动。但那时候天天行军打仗，怎么固定？就这样，龙书金用两块小木板夹住左胳膊，吊在脖子上，从关内打出关外，又从关外打进关内，打了整整十年仗！

1944 年 1 月，清河军区与冀鲁边军区合并，成立八路军山东渤海军区。龙书金任渤海军区副司令员兼第二军分区司令员。只有一只好手臂的龙书金指挥第二军分区的主力部队，同敌人进行殊死的搏斗，直到将渤海区全部解放。

随后，渤海军区主力组成山东野战军第七师挺进东北。尔后，改番号为六纵第十七师，龙书金任师长。十七师是闻名全军的"攻坚老虎"。这只攻坚老虎在战四平、攻锦州、夺天津的战役中，为东北野战军啃下了三块最硬的骨头。

平津战役后，已升任中国人民解放军第四十三军副军长的龙书金率部南下，跨长江，战湘赣，越梅岭，克两广，最后又同兄弟部队一起渡过琼州海峡，把红旗插到了海南岛上。

1955 年，龙书金被授予少将军衔。2003 年，龙书金同志在广州逝世，享年 93 岁。

龙书金

5. 赵明新狱中入党

北京历史博物馆里有一张照片。照片上，1936 年夏天，北京草岚子胡同北平军人反省院里，一伙"囚徒"戴着脚镣在做体操。赵明新和冯乐进、刘子久、朱则民都在其中。当时，反动当局为了宣传他们对政治犯的优待，曾把这张照片登在报纸上，想不到后来却成了他们迫害共产党和爱国人士的历史见证。

赵明新，1914 年出生于乐陵县古楼张村一个耕读之家。1928 年考入乐陵中学，因品学兼优而被选为学生会主席。1931 年 8 月，经冯毅之、孙致远介绍加入了共产主义青年团，并任支部书记。1932 年受组织派遣和陈少敏等同志到天津宝城纱厂发动工人罢工。8 月 25 日，他正在印制传单、标语时，被国民党警方逮捕。在狱中，面对敌人的严刑拷问，赵明新概以"不知道"回答。1935年，本已刑期已满，将获释出狱的他因拒绝敌人的无理要求，被转往北平军人反省院继续坐牢。

赵明新说："只要不怕死，再厉害的刑罚也无用，也不觉疼。我们要有牺牲精神，为实现共产主义理想而牺牲……"在狱中坚持斗争了三个月后，赵明新由刘

赵明新

子久、韩钧介绍转为共产党员，与另一位山东老乡冯乐进分到了一个党小组。

1936年10月前后，赵明新等人在组织安排下出了反省院。赵明新出狱后由山东省委派往鲁北，以鲁北特委的名义开展党的工作。他先是建立了商河县第一个党支部和第一届中共县委，后又建立了惠民县第一个党支部。1937年2月，赵明新经丁润生介绍到无棣县找到关星甫，发展关星甫入党。关又介绍石景芳、傅子鑫等人入党，并自动建立了中共无棣工委。这是无棣县第一个中共县级组织，由石景芳任书记，关星甫、于梅仙、冯景恩等人为委员。

为进一步加强鲁北各县党组织的统一领导，赵明新和于文彬、马振华等人于1937年10月建立了中共冀鲁边区工委。于文彬任书记，马振华任组织委员，赵明新任宣传委员。

1937年冬，赵明新同志把惠民乡师和惠民四中的万晓塘等8名党员派到阳信流坡坞乡农校协助李福如开展工作，建立

了阳信县第一个中共支部。

11 月，赵明新又被派往长山中学，和姚仲明、廖容标等组成党小组，准备领导黑铁山抗日武装起义。1937 年 12 月，黑铁山武装起义成功，建立了山东人民抗日救国军第五军。廖容标任司令，姚仲明任政委，赵新明任政治部主任。起义武装在斗争中发展壮大，迅速发展到数千人，成为开辟清河区的主力武装。1939 年中共清河区特委成立，赵明新任特委宣传部部长。同年被选为出席中共"七大"的代表。1940 年到达延安，在中央党校学习和工作达 4 年。

1949 年，赵明新带领 3500 多名胶东干部南下，接管苏南新解放区，会同原在这里的苏南和华中工委的干部一起工作。1954 年，赵明新就任长春第一汽车制造厂党委书记，领导创建"一汽"的工作。1956 年，生产出第一辆解放牌汽车，向全世界宣告：中国人自己不能生产汽车的历史结束了。

"文化大革命"期间，赵明新等人遭残酷迫害，含冤而死。1979 年，上海市委为他举行了隆重的追悼会，其骨灰被安放在上海革命公墓。

6. "麻子师傅"史文彬

1923 年 2 月 4 日，河北省长辛店铁路工人在京汉铁路总工会的领导下举行罢工誓师，这就是我国工人运动史上著名的京汉铁路工人大罢工，这次罢工的领导人之一就是史文彬。

史文彬，字志卿，又名石志清，1887年出生于今高青史家村一个贫苦农民家庭。他是中国共产党最早一批工人党员之一，早期北方工人运动的先驱和卓越的领导人之一。

史文彬

1912年经人介绍，考入史文彬长辛店铁路工厂做白铁工。入铁路工厂头两年间，就赢得了工友们的尊重。由于史文彬脸上有些麻子，大家亲切地叫他"麻子师傅"。

1918年夏，毛泽东、蔡和森等人组织的湖南赴法勤工俭学学生到铁路工厂半工半读，得到了史文彬等人的热情帮助。特别是毛泽东先后两次来到工厂，和史文彬等人促膝谈心，讲解救国救民的大道理，打开了史文彬的眼界，提高了他的思想觉悟。

1919年5月，五四运动爆发，史文彬积极带领工人游行，号召工人参加各界联合会，被选为各界联合会工界的代表。

1920年9月，北京共产党早期组织成立后就决定重点在长辛店铁路工厂开展职工运动。邓中夏、张国焘等人和史文彬联系，于10月办立长辛店工人子弟学校。学校分日、夜两班，日班是工人子弟，夜班是工人。学校的课本都是北京共产党早期成员编印的，内容多是从进步刊物上选摘的宣传马克思主义、启发工人觉悟的各种文章。不久，史文彬就参加了北京共产党的活动，成为其中唯一的工人成员。

1921年5月1日，在北京共产党早期组织的指导下，史文彬等人组织长辛店工人举行了盛大的五一节纪念游行大会和长辛店工人俱乐部成立大会，参加者1000余人。史文彬被选为工会委员长。当时，上海的《共产党》月刊称赞长辛店工会是"北方劳动界的一颗明星"。7月，由邓中夏、罗章龙介绍，史文彬加入中国共产党，成为长辛店铁路机厂第一个中国共产党党员。

1922年4月，史文彬参加了京汉铁路总工会第一次筹备会，被推选为筹备委员。5月，他代表长辛店铁路工人出席了全国第一次劳动大会。6月，他发动长辛店工人同工头斗争，痛打了势力很大的工头邓长荣。不久，他又发动工人惩办了被路局收买了的工贼谢德清，撵走了挖空心思压榨工人的外国厂长祚曼。

1922年8月，史文彬等人带领长辛店浩浩荡荡的罢工队伍，先举行集会，后上街游行，走上铁路拦阻过往车辆。长辛店工人罢工后，京汉路北段、中段也积极响应，实行罢工，南北交通中断。这次罢工，拉开北方工人运动的序幕。

1923年2月1日上午，京汉铁路总工会成立大会在郑州举行，史文彬当选为京汉铁路总工会副委员长，并被推选为罢工委员会副委员长。

3日晚回到长辛店后，史文彬连夜组织工人骨干召开紧急会议，传达了罢工命令。4日晨，3000余个工人聚集于长辛店娘娘宫，史文彬宣布罢工正式开始。2月7日早晨，直系军阀派军队血腥镇压京汉铁路大罢工，造成震惊中外的"二七"惨案，史文彬等工会领导人被捕，后被关押在保定监狱。

1924年10月，史文彬出狱后担任保定铁路工会委员长，并被选为中共保定地委书记，继续从事工人运动。在此期间，他代表京汉铁路工友，到北京会见了孙中山。

1927年，政治立场坚定、斗争机警的史文彬，在特科中负责中央的交通工作。他经常扮成商人接送和掩护来中央汇报工作的干部，屡次智斗敌人，保护同志。

1929年1月，史文彬主持中共河南省委工作，建立了豫南、豫北特委。11月，到上海出席第五次全国劳动大会，被选为中华全国总工会执行委员。

后来，史文彬因错误地参加了罗章龙的中央非常委员会，参与了分裂党的活动，被开除出党，并被断绝了经济供应。为了摆脱非常委员会，也因为受生活所迫，1931年6月，史文彬以"到长辛店开展工作"为借口，携妻子儿女返回济南。他在济南寻找党组织，力求恢复工作，在联系不成的情况下返回故乡青城县，隐姓埋名，暂时隐居下来。他靠亲友资助在城关开修表铺维持全家的生计，借开展业务之机，到济南向过路客商打听红军、共产党的情况。

1941年冬，八路军部队在青城附近开展抗日活动，史文彬闻讯后，冲破日伪的封锁线和国民党顽军的防区，来到八路军住地。经中共清河区党委以电报形式向中央请示获准，他回到了革命队伍。中共中央指示清河区党委择机将其送往延安。史文彬老泪纵横激动地说："可找到了！可找到了！"然而，史文彬因连日劳顿突患重病，几天后病逝于清河区委机关驻地博兴县纯化镇。

7. 险被活埋的冯景恩

冯景恩对前来埋他的两个人说："咱们都是中国人，枪口应该对准日本人。"这是无棣县第一个党支部建立者冯景恩的传奇故事，就在敌人即将埋葬他的时刻，他做通了执行死刑人员的工作，逃离了现场。

1905 年，冯景恩出生于无棣县车王镇五营村。1926 年，21 岁的冯景恩当选为五营村副乡老。

冯景恩在学生时期就阅读了进步书刊。1933 年 9 月，冯景恩到了盐山县大堤东村，经津南特委负责人刘格平介绍，加入了中国共产党。

随后，冯景恩回到五营村，先后发展了冯景顺、从玉亭、从景升等人入党，并于同年 10 月底，在他自己的三间土房里建立了无棣县第一个党支部。

冯景恩

1935 年 秋，有个骑自行车的国民党士兵，诬赖赶大车的人碰坏他的车子。得知这一情况后，冯景恩发动群众进行说理斗争，并在大集上揭发国民党士兵压榨剥削群众的暴行，迫使对方承认错误。

在七七事变爆发前夕，国民党政府成立了所谓的无棣县抗敌后援会，但无棣县抗敌后援会既不抗战，也不援助抗敌将士。为此，冯景恩等人在抗战全面爆发后发起创立了无棣县抗日救亡会，会员迅速超过800人。

听到这个消息，国民党县党部常委张子良赶到五营村质问冯景恩："你们为什么成立抗日救亡会？"冯景恩针锋相对："蒋委员长在庐山会议上说，地不分南北，人不分老幼，人人都有抗日救国之责！"张子良又说："抗日可以，但不要乱干，要干跟我们干。"冯景恩说："谁抗日谁不抗日，老百姓都知道，谁真正抗日，我们就跟谁干。"张子良无言以对，垂头丧气地走了。

1938年6月，冯景恩乔装打扮，混过重重关卡，到达河北省南宫县，向八路军一二九师师长徐向前汇报了无棣县及冀鲁边区的抗日斗争情况。同年10月，冯景恩调入八路军一二九师东进抗日挺进纵队政治部，并与王连芳、刘西山发起建立了冀鲁边区回民抗日救国总会。

1939年7月，冯景恩随八路军部队回到家乡开展工作，担任无棣县抗日民主政府三区区长，坚持敌后游击战争，为八路军、游击队筹集粮款。

1940年，抗日战争到了最艰苦的时期，占据无棣县的日军和伪军，猖獗横行，无恶不作。根据上级党组织的指示，冯景恩领导当地的抗日武装展开游击战。腊月十五夜里，冯景恩领导的区小队被日伪军包围，区小队与敌人血战到天亮，除极少数战士突围出去外，大部分同志倒在血泊之中，冯景恩不幸被捕。

冯景恩被囚禁期间，穷凶极恶的日伪军对他威逼利诱，严刑拷打，还抓来他的妻子进行诱供，但始终无法撬开冯景恩的口。1941年1月20日夜里，日伪军决定对其实施枪决。他们将冯景恩拖到车王镇后瓜口村，连开三枪。为了掩人耳目，还派了两人来掩埋冯景恩。

就在这时，冯景恩竟奇迹般地醒了过来。原来，敌人的三枪，一枪打在他的头皮上，一枪打在腿上，一枪打穿了脸颊。他对前来埋他的两个人说："咱们都是中国人，枪口应该对准日本人。"或许是良心发现，这两人扔下冯景恩跑了。

得知冯景恩没死的消息后，伪军迅速包围了五营村，挨家挨户搜查。但此时，冯景恩已经连夜到达了河北。在养好伤后，冯景恩继续开展抗日斗争。

1943年10月，冯景恩任三分区回民游击队政治委员兼队长。到1946年1月，这支原来只有十几人的队伍壮大到几百人，升编为渤海军区一军分区回民大队，冯景恩任政委。

在解放战争中，回民大队屡建奇功，先后参加了盐山马连庄战斗、王许庄子战斗，以及多次剿匪战斗。1986年，冯景恩在济南病逝。

8. 身负二十八块弹片的刘竹溪

刘竹溪，人称"铁打英雄"。2010年，刘竹溪逝世后，他的家人在清理他的骨灰时，发现了28块弹片，这些弹片见证了这位铁打英雄的忠诚品质。

刘竹溪，原名刘庆濂。1920年出生于北京，1922年随父亲刘树勋回祖籍山东省滨县定居。1937年，年仅17岁的他加入了中华民族解放先锋队，参与领导了胶济铁路警员抗日武装起义。

1940年日军通过抢修公路、扩大占领区等举动，妄图将八路军围歼于小清河北。八路军山东纵队第三支队决定伏击敌人，打破日军的围歼。破袭伏击的地点选在高青公路东侧路边的魏家堡。9月21日凌晨，战斗打响，作为主攻的第三支队三面开火，日军遭到我一、三连前后夹击，不得不退守到魏家堡村前边一个场院里。刘竹溪向敌人躲藏的房屋投掷手榴弹时，右臂不幸中弹，简单包扎后继续指挥战斗。但日军堵住藏身房屋的大门，架起机枪疯狂扫射。战士们多次冲锋受挫，连长金书禹决定利用火攻将日军从房屋中逼出来。命令一下，战士们把一捆捆高粱秸扛来，把房子的东、西、北三面围起来。一排副赵延庆把点着的高粱秸，从屋顶往房里塞，三面堆放的柴草也同时点燃。屋子里残存的日军连声咳嗽、流着眼泪从门口窜出来，一一被歼。这次战斗，全歼日军永田文部酒见小队30多人，俘虏日军上等兵卫生员大喜正滨和一个朝鲜翻译，缴获大量武器。魏家堡伏击战是清河区抗战以来首次全歼日军整个小队的战斗，八路军第一纵队首长徐向前、朱瑞给以通报表彰。

战斗结束后，刘竹溪到支队包扎伤口，子弹贯穿了他右上臂，在骨头上留下一道槽。为了不使伤口感染，军医用镊子夹住一条碘酒纱布，从伤口一头捅进去，再从另一头拉出来，他一声不吭，疼得出了一身大汗。

1942年，清河区的抗日斗争进入了最艰苦的阶段，8月，为粉碎日伪军的"扫荡"，已担任营长的刘竹溪带领精干武装70余人，从黄河入海口一带的垦区出发，进入沾（化）利（津）滨（县）三县边区，开辟敌后抗日根据地。仅用了短短3个多月，在沾利滨边区的活动范围便超过200个村庄，部队也由70余人发展到150多人。1943年春节前夕，刘竹溪率部返回垦区根据地休整时，编成沾利滨大队，原来的三个排编为三个中队，他任大队长兼政委。这时，沾利滨大队的活动范围已超300个村庄。

1945年6月，刘竹溪率部参加了滨蒲战役，配合渤海军区主力部队先后攻克了芍药李、蒲台县城、北镇日伪据点，以及滨县伪县长杜孝先的老巢鳌头周，全歼守敌。同年7月，滨县独立团宣告成立，全团官兵已发展到近千人。不久，日本战败投降。滨县独立团编入渤海军区特务二团，刘竹溪任副团长。

1948年9月，济南战役打响。担任华东野战军第十纵队二十九师八十五团副团长的刘竹溪，承担起城西集团左路纵队左翼师突击团的任务。他率一个营的兵力，作为全团的先头部队，目标是切断守敌向城内的退路，以分割敌人，各个击破。战斗中，他一边指挥，一边带头冲锋，全营干部、战士、军医、炊事员纷纷参与到战斗中。由于刘竹溪带领三营神速穿插，切断了城内外之敌的联系，为强攻外城赢得了时间。他所在的八十五团在总攻战斗中从永镇门突击成功，圆满完成了任务。

战斗中，刘竹溪被敌人的手榴弹炸伤，右下颌连同七颗牙齿被炸弹损毁，口不能言，痛苦异常。但他仍以令人惊叹的意志支撑着伤体，并以石块写字代替说话，指挥战斗直至昏迷。伤口未愈，他便继续参加了淮海、渡江、上海、福州、平潭战役等战斗。

刘竹溪信念坚定、不怕牺牲，先后参加了160多次战斗，作战时始终冲锋在前，立下无数战功。

9. 民兵郝怀友"虎口拔牙"

抗战的最艰苦阶段，邹平焦桥东平村的郝怀友，带领民兵愣是在日军眼皮底下除掉了几个作恶多端的伪军，令日军心惊胆寒。他们被当地群众誉为"夜里欢八路"。当地的日伪军则流传"宁转十五里，不把东平行"的话。

郝怀友1941年加入中国共产党。他带领民兵配合区中队在战斗中消灭日军30人，镇压敌特、恶霸、伪军40人，先后活捉日军和伪军，仅在本村他就处决了3个伪兵。铁杆汉奸伪区长袁风三去淄博日军培训班培训了3个月，回焦桥当晚就被郝怀友率领民兵处决了。

1937年，刚刚15岁的郝怀友毅然加入了抗日游击小组，先后担任东平村儿童团长、青年会长、民兵队长。当时郝怀友的家离日军的炮楼只有100米，他的家既是党的地下交通站，又是《清西日报》的秘密印刷厂。

为了掩护来往的革命同志，保障交通站和印刷厂的安全，郝怀友在家开了个烟酒小铺，经常通过来往的顾客把油印小报秘密散发给四方群众。

1942年，为了实行所谓的强化治安，焦桥据点又增派了一个宪兵队，副官高麻子是个铁杆汉奸，经常带着日伪军到老百姓家里敲诈勒索。

有一次，高麻子闯进了郝怀友的家，硬说藏有八路，翻箱倒柜，找出了一张解放区用的北海票，他以为逮住了把柄，厉声对郝怀友的妻子说："你家通八路，统统枪毙，要想没事，明天准备200块钱！"顺手从柜台上抓起一条香烟，扬长而去。郝怀友的妻子把这一情况告诉了郝怀友。上级决定除掉高麻子。

第二天，高麻子腰里别着枪，再次来到郝怀友家，一进门，就恶狠狠地质问："钱准备好了吗？""好了！"郝怀友的妻子故意大声回答，好让藏到后院的郝怀友、孙茂德听到。

高麻子斜叼着烟卷，低着头得意扬扬地数着票子。郝怀友箭步飞来，劈头就给了他一耳光。高麻子见势不好，拔腿就跑，孙茂德立即窜了上来和郝怀友一起把他摁倒，郝怀友的妻子把早已准备好的绳子往高麻子脖子上一套，三人用力一拉，这个血债累累的汉奸立即见了阎王。

高麻子等汉奸不见了踪影，急坏了焦桥据点的日军队长长谷川。长谷川的心腹翻译蒋阎王带日伪军闯进东平村，一下子抓去了几十个老百姓。除掉蒋阎王的重担又落到了郝怀友肩上。

7月26日是伪区长的生日，打听到蒋阎王去赴宴。这天，恰逢焦桥大集，郝怀友和赵玉华随着赶集人群混进街里，藏在蒋阎王必经的南北大街上。日头偏西，赶集的渐渐散去，还是不见蒋阎王的踪迹，郝怀友依然耐心等待。

"要一包大方！"郝怀友听到赵玉华发出的暗号，蒋阎王出现了。郝怀友、赵玉华腾地窜了出来，挡住了蒋阎王的去路，刚想开枪，这小子一扭身，竟跑进了一个狭窄的胡同里。胡同北边是一堵矮墙，矮墙不远处就是日军的炮楼。

郝怀友和赵玉华一起追了上来，啪啪两枪就结束了蒋阎王的狗命。等日军听到枪声跑出据点时，郝怀友和赵玉华早已穿街越巷，不见了踪影。

解放战争时期，郝怀友多次率领民兵配合部队作战，又屡立战功。全国解放后，他又被评为生产模范。1951 年 9 月，他当选为全国英模大会代表，出席了全国英模会议，被授予全国民兵英雄称号。

10. 支前特等功臣石连生

石连生领导全班，郑重地写下保证书，盟誓不完成任务不回家。他又说："我许下个愿望，咱们都完成了任务到我家去吃包子。"

石连生是渤海一专区第一担架团二营六连三排八班班长，家住在乐陵城关区。他是个近视眼，在济南战役后，南下从泰安抬着伤员，第一夜里一脚深一脚浅地渡过 20 多条河，翻过10 多座山，直走了 70 多里，第二天走了 130 里才把伤员抬到医院。大家都疲劳到了极点，石连生的两条腿也肿得通红，他仍然爱护伤员，自己背着水壶，又特意买了一把小勺。因为有

石连生

的伤员不能抬起头来喝水，他就用小勺喂给他喝。伤员大便后，他撕下自己棉袍上的棉花给他擦拭。有一次在一个新解放的村庄，为了让伤员既不挨饿，又不耽误行军，他自己买了柴草给伤员做饭，并用小勺喂给伤员吃。有一个伤员想喝粥，他又不嫌麻烦地去做粥喂给他喝。

济南战役后，在南下的路上，石连山带领的八班向七班提出了挑战。他对七班班长耿依山说："你看看你那个班，敢向我们班挑战？"七班班长说："你是百十斤，俺也是百十斤，为什么不敢向你们挑战，今后看！"后来他又向九班挑战，激得大家都下定决心要拿出个好成绩。

在淮海战役中，石连生跟三纵特务团去阻击国民党军，他们多次参加火线抢救。有一次，他们带着10副担架到营包扎所去，相距里多路，没有交通沟，暴露了目标，被敌人的密集火力封锁了去路。约1个小时后，仍被敌人的炮火激烈地封锁着。石连生急了，他想，无论敌人火力怎样激烈，也得去抢救伤号，他就爬到与他同来的民工面前说："有土沟可以隐蔽，您能听见吗？子弹很高打不着人，咱们继续往前去！火力密了咱就卧倒在沟里。"结果10副担架被他带上去了3副。到了营包扎所没有任务，夜里他们又回到团卫生处。

在淮海战役追歼邱、李兵团时，有一天夜行军，二十三团的一辆大车不小心轧响了一个手榴弹，伤了4个人，石连生立刻将一个伤员抢上担架抬着走。在配合中原部队歼灭黄维兵团时，有一天遇到好几架飞机在上空盘旋、扫射、轰炸，把他班里张墨升、李依山吓慌了。他说，炸弹不可能丢得那么准，不要紧，只要不乱跑就炸不着。

在淮海战役评功时，他班李依山只评了个三等功，他怕李依山情绪不高，便将自己在济南战役评功时得的奖品一双袜子送给李依山。因他对班里的同志关心教育及时，全班从自家出发到完成任务复员，历经7个月，胜利完成任务，并且都立了功，大家也都吃上了石连生亲手包的热乎乎的包子。

四

党群同心　无私奉献

人民是取得革命战争胜利的根本所在。在长期的革命斗争中，渤海区人民始终不渝地坚持中国共产党的领导，对党无限忠诚，对人民军队无比热爱，为革命无私奉献。革命战争年代，渤海区优秀子弟参军参战，出生入死。尤其是在1947年国民党重点进攻山东时，渤海区接纳和供养了华东局、华东军区的40多万转移军民，渤海区成为整个华东战场唯一的后方基地。据统计，整个解放战争时期，渤海区民工支前达81.98万人次，出担架25万副，出挑子1.5万副，打车65.2万辆次，出小推车63万辆次，出牲畜97.8万头，运送军粮1.35亿公斤。

（一）踊跃参军

1945年2月，渤海区党委、军区发出"扩军、练兵、大反攻"的指示，揭开了大参军运动的序幕。此时，根据地的反"扫荡"、反"蚕食"、减租减息、反霸斗争均取得胜利，人民群众从内心深处拥护着共产党，青年群体中始终回荡着"有志青年上战场，打败日寇保家乡"的口号。一时间，渤海区涌现出一大批父送子、娘送儿、妻送郎、兄弟争相上战场的感人事迹。

1. 参军抗日真荣光

"骑着马来披着红，光荣光荣真光荣。吃菜要吃白菜心，参军要参八路军……""模范爹，模范娘，赶快送儿上战场……""我的丈夫志气强，参加八路在前方，我在家中猛生产，抗日家属真荣光……"这是曾经广泛传唱在渤海革命老区的歌谣，描绘了当时父送子、妻送郎、兄弟争相上战场的参军场景。

渤海区百姓参军的热情，从一开始就异常高涨。1945年年初，渤海区在全区掀起了轰轰烈烈的参军热潮，到处锣鼓喧天，红旗招展，欢送披红戴花的新战士入伍的场面随处可见。这次参军热潮的兴起，首先是有广泛的群众基础。通过减租减息、民主"反霸"斗争，广大群众深刻感受到共产党、八路军是全心全意为人民服务的，从而自愿入伍，来夺取抗日战争的胜利。

渤海区村干部、党员带头参军，村与村、人与人之间还展开了参军比赛。1945年2至8月，全区共有2万多人参军，仅广北县5个区就有3000多人参军，其中九区的周家村、商家村各成立一个连集体参军。

1945年1月17日，农历腊月初四，中共广北县委在牛庄召开会议，开展了思想发动工作，对拥军优属和动员参军工作做了充分安排。广北县九区的周家村（今东营区辛店街道周家村）对参军工作进行广泛宣传发动，周家村的适龄青年更是踊跃报名。父送子的有周兰芳、周新和、周宜举等，娘送子的有田氏等，兄弟争先参军的有周德邦和周玉邦、周立祥和周立家等，妻送夫的有吴兰英等。当田氏送她的独子周廉清报名时，大家都劝她将儿子留下："大娘，你就这一个孩子，他去参军万一有个闪失，谁来给你养老送终啊，廉清不能去参军啊！""不行，你们都去参军了，为啥不让俺孩子去，俺孩子也要打日本人！"大家左劝右劝，田氏依旧坚决不同意，最终孩子还是报名参了军。两三天内，周家村报名参军的100多人，落实了99人，连哨头、南庄、辛店、姜家、刘家等邻村的40余人，编为一个连，被命名为"周家连"。

广北县九区西商村（今东营区史口镇西商村）也一次送出了一个由120个新兵组成的"商家连"。西商村只有230户人家，1000多口人。1945年春节前夕，九区的区干部曹百绪和王佩珍等人来到西商村，发动群众报名参军。大家听说后，纷纷要求报名参军。可干部们说，春节到了，我们主要就是拥军优属，搞文艺活动欢庆新春。

农历除夕，西商村一片欢腾，大家敲锣打鼓、扭着秧歌来到军属门前，送上光荣灯、光荣牌、光荣花、光荣匾，贴上光荣对联。军属们迎出门来，感到无比光荣。正月初一，全村男女老少再次集中起来，在村干部的带领下，到抗日战士家属门前拜年。大家都羡慕地说："如今当上八路军，比旧社会中了举人、状元还荣耀呢，一定得让孩子去参军啊。"

商家连

春节一过，报名参军开始了。村长商恩波、村民委员商宗胜、民兵连长商梅山带头报名，青年小伙子们争先恐后抢着报名。当时干部要求个人、父母、对象三同意，做不到的暂时不登记。报名那天，40岁的商田阶首先报名。19岁的商景修一心参军，由于母亲一人拉扯他成人，他担心母亲不同意，就让媳妇温庆花做工作。温庆花也是积极分子，反复做婆婆工作，终于报名成功。商宗禹和哥哥商宗圣为报名发生争执，都抢着要去。很快，全村报名120人。渤海区广北县领导亲自为他们披红挂花，并把绣有"商家连"三个大字的锦旗，送到商恩波手里。

1945年2月，周家连、商家连加入广饶九区新兵行列，昼夜行军奔赴抗日前线。

2. 争先恐后忙参军

自 1946 年 7 月解放战争爆发至 1949 年 3 月，渤海区发动了 4 次大参军运动，近 20 万渤海子弟参军参战，约占山东省同时期入伍人数的四分之一。

在 1947 年年初的大参军运动中，全区共参军 94200 余人，组成 9 个新兵团补充华野部队。仅 1947 年 2 月上旬，仅惠民县就先后动员两批青壮年参军，第一批 2817 人，第二批 1500 人。惠民小郑家村郑风翔、郑风庭、郑风贵兄弟三人一齐报名参军。朱老虎村朱文同 48 岁参军，80 岁老母拄杖送行……

广饶县李家屋子村的李大娘是全区知名的拥军模范，在大参军运动中，她送走三个儿子、一个孙子一起参军。阳信城关区唐家村唐大娘在妇女会中是委员兼小组长，工作一贯积极，对解放军也有认识，这次区动参大会上她就替自己 18 岁的儿子报了名，让他参军。当时唐大爷不愿意，经她耐心说服，也不扯腿了。村上组织慰问小组，每天慰问新军和新军家属，唐大娘常跑在头里，恳切地教育别人："这个

骑大马的入伍青年

好时候青年不去参军在家干什么？解放军几百万，谁没有个爷娘啊，恨只恨反动派，叫咱不能过安生日子，这回咱再加一把劲儿，全国都解放了，再叫儿子家来团圆有多好啊！"

阳信流坡坞区东街村杨宝清22岁，兄弟三人。未解放前，全家生活只能靠母亲拾庄稼和替地主打碾维系。到他13岁时，因饥寒所迫，母亲送他到天津塘沽理发店做学徒，回家后翻了身得到土地，又买了理发器具。这次参加区动参大会报名参军。回家后母亲问他开什么会，他说："国民党反动政府再有一年左右就会彻底被打败，为了争取早一天胜利，人民永远过好日子，我已在会上报名参军了，理发是小事。地里的活如果兄弟忙不过来，干部和群众来帮助咱，我走后你不要挂念我。"这时爱儿的母亲掉下眼泪来。宝清劝他娘说，"娘，别伤心，家里家具够用的，粮食够吃的，衣服够穿的，这不都是亏了解放军吗？如没有解放军，咱们能享这福吗？青年上前线打蒋匪，回家再干我理发匠，咱再团圆不好吗？"

流坡坞区的王春林，是父亲一手带大的。王春林自主报名参军。他害怕父亲知道了不叫他去，在召开村民大会动员青年人上前线杀敌立功时，便和父亲说："这次参军咱应该去吧？"父亲说："那能行，你在村办公不是一样吗？我年纪大了，家中没人了。"王春林说："眼看反动派快打完了，不出一把力，还等什么时候？今天人家看得起咱，是因为共产党来了，解放军打了胜仗，穷人翻身有了地位，今天咱们不当兵谁当兵？家中活有村里照顾，还有什么困难呢？"老父亲听后点头说："说得对，你去就去吧，得好好干啊！"

为了提高部队知识分子的比例，渤海区为八路军三五九旅扩军时，还一次就动员了渤海一中、二中、四中等三个学校的 140 个青年学生参军。解放军第一、第二、第三、第四野战军中都有渤海区的子弟兵部队，他们转战南北，屡立功勋。

3. 尹洪英送郎参军

尹洪英经常说："我是咱们博兴众多普通农家妇女的一员，是党把我培养成为革命阵营的一员，为党做了一些工作，这都是应该做的。"

1945 年春，博兴抗日根据地内开展了轰轰烈烈的大参军运动，涌现出了许许多多父送子、妻送郎、兄弟相争上战场的动人事例，其中被渤海区授予拥军模范称号的尹洪英就是当时送郎参军的典型。

尹洪英，1923 年出生在滨州市博兴县陈户镇尹楼村一个贫苦农民家庭里。1940 年，由父母包办出嫁到阎田村一户贫农家里。结婚不久，其丈夫郭大兴就被日本侵略军抓到东北当劳工，剩下婆媳二人在家生活。1944 年，郭大兴冒着生命危险摆脱日军的严密看管，从东北逃回家。此时，博兴抗日根据地已取得反"蚕食"斗争的胜利，正在开展由共产党领导的减租减息、反霸锄奸运动。郭大兴参加了民兵组织，并秘密加入了中国共产党。

丈夫的回归使尹洪英有机会接触进步思想，她开始走出家门听取渤海区妇联主任刘孟等人讲解革命道理。1944 年 12 月，渤海区党委、渤海军区给博兴下达了明年的参军任务，要求动员 1500 至 2000 名青年参加八路军。时任博兴三区委书记的孙乾发现尹洪英虽然没有文化，但思想活跃，要求进步，就动员尹洪英带头送夫参军。当时，尹洪英的丈夫刚从东北逃回家一年，她打心眼里不想让丈夫离开，但经过激烈的思想斗争，最终还是动员丈夫去参军。自己想通了，但婆母和母亲不同意让刚回家的儿子、女婿去当兵。于是尹洪英就和丈夫轮流与老人谈心，耐心开导，终于说服了双方亲人。

在欢送新兵入伍大会上，尹洪英代表阎田村的新军属讲话，勉励丈夫上前线杀敌立功。尹洪英的举动，对动员参军起到了很大的推动作用，渤海区党委、军区授予尹洪英"拥军模范"光荣称号。时任县委通讯站干事的黎晓岚得知尹洪英的事迹后，将尹洪英的事迹编写成吕剧《尹洪英送郎参军》。剧中唱道："前头走的郭大兴，随后跟着尹洪英；回头就把庄头离，有句话儿问问你：东邻小三他也去，王洪二哥报了名。他们都去报了名，你为什么不报名……"该剧演出后，在渤海区引起强烈反响。博兴共有 2800 名青年入伍，还有许多青年参加了地方工作，提前完成了动参任务。

将丈夫送往部队后，尹洪英也走出家庭，参加妇女识字班学文化，领导妇女开展拥军优属等革命活动。由于她思想进步快，工作干练，不久，她被选为区妇救会副主任。1945 年，加入中国共产党。

4."山东好汉"教导旅

"1947年春节刚过，各区县就把参军的青年集中编队后送到了我们所在的阳信县。我们招兵工作队成了接兵工作队，这是历来扩军没有过的事。"时任山东渤海军区教导旅副政委的熊晃后来回忆道。

1946年秋天，晋绥野战军二纵队司令员王震着眼当时艰险复杂的斗争形势，向中央军委建议，由三五九旅和晋绥军区抽调干部，前往解放区组建一支新军。党中央、中央军委高度重视，由当时任党中央书记处五大书记之一的任弼时亲自组织领导三五九旅的扩军工作。根据任弼时的建议，山东渤海解放区成了首选之地。任弼时给王震打电话说："王胡子，这两年三五九旅做出了巨大牺牲，你们要抓紧补充兵力。我已告诉了陈老总，他已答应让山东老区大力支援我们，你赶紧挑选一些骨干去山东，组建一个旅，把他们带回来。"王震高兴地说："太好了，我们只要有人有枪，就能打硬仗。"

1946年11月，经请示中央同意，王震从三五九旅抽调团、营、连、排各级干部和晋绥军区干部共321人，组成三五九旅赴山东招兵教导队干部大队，由七一九团团长张仲翰等人带领，进入山东渤海解放区招兵建军。

当时，山东根据地先后向东北派遣了5个野战师、2个警卫旅、10个骨干团，总兵力超7万人，但还是相对不足。但新旅组建工作依然得到了山东野战军司令员陈毅和渤海区党政军领导的大力支持。陈毅司令员坚定地说，三五九旅是英雄的部队，担负着保卫陕甘宁和中央的任务，再给他们增加一个旅。

征兵工作在渤海区宁津、惠民、临邑、陵县等地同时展开，具体工作由渤海区主持，三五九旅干部到各县配合工作。当时，渤海区中，翻身农民打老蒋、保家乡的热情高涨，很快在鲁北大地形成了参军热潮，涌现出了带头参军的家中独子刘双全、与弟弟争相参军的王传文、为当兵闹绝食的张斌、改名上战场的抗日烈士后代薛光荣、不打倒蒋介石决不回家结婚的刘华顺等参军模范。仅1个月时间，参军农民即超过5800人。

1947年2月，山东渤海军区招兵指挥部将参军青年农民正式移交三五九旅赴山东招兵教导队。眼看着自己的招兵工作变成了接兵工作，张仲翰、曾涤、贺盛桂、熊晃等人都十分高兴。

2月25日，山东渤海军区教导旅在阳信县老官王庄宣告成立，张仲翰任旅长，曾涤任政委，贺盛桂任副旅长，熊晃任副政委，刘鹏任参谋长，下辖第一、二、三团，从旅到班，建制完整，全旅兵员总额达到8337人。

教导旅虽然顺利组建，但武器装备极其缺乏。为此，1947年3月，陈毅指示，将华东军区缴获的大批武器弹药及俘获的部分国民党技术兵配给教导旅。教导旅得以组建成立当时西北野战兵团唯一的炮兵营。5月，部队移驻庆云县常家一带进行集训，并号召全旅向新战士刘华顺学习，使部队明确了"为谁而战，为谁而练"的信念，进而提高了部队刻苦练武和勇敢参战的积极性。10月，渤海军区教导旅圆满完成训练任务。随后，全旅由庆云县出发，开始了向西运动的"野外大练兵"，经德州，出山东，11 月到达河北省武安县，教导旅也由华东军区正式交接给西北野战军第二纵队。

渤海军区教导旅向西北进军中途

交接仪式上，陈毅司令员说，山东自古出好汉，现在出的好汉就更多了，渤海教导旅就是当今的山东好汉。从此，这支由渤海区翻身农民组成的部队义无反顾地开赴收复延安、解放大西北的战场，开始了新的"长征"。

5. 护田保家去参军

大吴码头村是滨州无棣碣石山镇一个不起眼的村子。村子里新建的红色吴家连展室内，一张张泛黄的嘉奖令、功劳证，一枚枚耀眼的军功章，仿佛述说着那段奋勇向前的革命岁月……

"敬爱的吴老大娘：你的来信我们已代收，信中一切都已知道，但是我们在此告诉你一个很不幸的悲痛消息，首先请你不要过度悲伤，广德同志——我们亲爱勇敢的战友、你可爱的儿子，在阳历 6 月 14 日天亮战斗中左胸被美帝国主义的机枪击中，在师部卫生院动手术时因流血过多，于 15 日上午光荣牺牲了。"

信件是部队文书董听如给吴广德母亲付维莲从朝鲜战场邮寄来的慰问信。信件的背面还有一行字：广德同志牺牲一事请暂不要告诉他妻，等她身体痊愈再说。

吴广德是 1947 年参军入伍的。当时，国民党军队对陕北和山东解放区发动了重点进攻。为支援日趋紧张的战争，无棣县委决定，由大吴码头村出一个连，吴克信任连长。他将任务传达给全体党员，然后把全村 18 至 25 岁的 84 名青年组织起来集中学习形势，分组进行讨论。由于党员、干部带头报名，大吴村 84 名青年纷纷表示自愿参军，其中有 5 人还是独生子。大吴村 84 名青年被编为无棣县独立营第三连，由渤海军区第四军分区授予"吴家连"锦旗一面。

吴广德便是此时参的军。当时，吴广德的父亲已经过世，母亲 47 岁，两个姐姐也已结婚嫁人，家里还有一个 10 岁的弟弟和 6 岁的小妹，20 岁的他正是家里的顶梁柱。当参军的消息传来后，一直就想着参军的吴广德却犹豫了："我走了，家里怎么办？弟弟妹妹怎么办？母亲怎么办？"一天到晚，吴广德都是一副心神不定的样子。晚上吃饭的时候，吴广德吃着吃着愣起了神，用筷子夹起了菜，却停在那里，忘了往嘴里放。吴广德心里纠结得很："这事该不该跟娘说呢？"

母亲付维莲看到平常说说笑笑、十分开朗的吴广德今天变得沉默寡言、神不守舍，很快就明白了他的想法。她笑着对吴广德说："广德啊，你是不是想参军，又舍不得家里呀？"正在愣神的吴广德听到母亲的话，低下了头不敢说话。"你想去就去吧！娘支持你去！""那家里怎么办？弟弟妹妹还小。"母亲付维莲动情地对儿子说："参军是为了保田护家，没有大家哪有小家啊？"

母亲付维莲是村妇救会的积极分子，在送儿子入伍的时候，她挤出高兴的笑容，临行前一个劲儿地嘱咐："在前线好好打仗，争取立功，家里有我，不用惦记着。""哥哥，你一定要给我们拿个大大的军功章回来！"弟弟妹妹也都在使劲儿地挥手道别。转过身去，一直还强忍着的付维莲还是流下了离别的眼泪。

吴广德一直记着母亲的教诲，在战场上屡立战功，一次次把军功章寄回了家。他在渡江战役与京沪杭战役中立四等功。1950 年在解放舟山战役中立三等功。1950 年，在闽北战斗中立三等功。1951 年，在浙江平湖立四等功。1953 年，在朝鲜战场上，他和一个战友在地堡里坚守了两夜一天，打退了敌人无数次的进攻。最后，吴广德左胸被敌人的子弹击中，失血过多而牺牲。如今，这位英雄长眠在朝鲜上甘岭志愿军烈士陵园二号墓区。

（二）全力支前

中国共产党领导人民争取自身利益的艰苦奋斗史，是共产党与人民群众血浓于水的真实写照，是共产党领导的中国革命史的生动缩影。尤其进入解放战争时期，千万渤海区人民在党的领导下，焕发出获得解放、求得翻身的革命热情，发扬艰苦奋斗、自我牺牲的精神，克服重重困难，踊跃参军参战，筹运军粮物资，抢救转运伤员，接待转移军民，以源源不绝的人力、物力、财力支援前线，为赢得解放战争的胜利做出了巨大牺牲和突出贡献，在中国革命史册上写下了光辉一页。

1. 四十万军民北撤渤海区

1948 年 12 月，粟裕副司令员给中央的报告中说，地方党政军民不怕任何困难、全力支援前线，是战役取得胜利的决定因素之一。

1947 年 3 月，蒋介石调集 24 个师 60 个旅，45 万兵力，对山东实行重点进攻。在此情况下，中共华东局机关、华东军区所属部分机关、鲁南、鲁中区党委所属部分机关和野战军兵站、医院、工厂、学校等单位人员，以及大批伤病员、残废军人、干部家属、随军民工和苏北、淮北部分人员等共 40 余万人和经渤海区转入鲁西南地区作战的华野六纵等部先后撤退到渤海区黄河以北地区。

当时，国民党军队在向胶济线与黄河之间渤海解放区大举进攻的同时，每天派出飞机沿黄河轰炸，封锁渡口。且当时又逢黄河汛期，如此多的人员集中渡河十分困难。为此，渤海区党委抽调得力干部组成指挥部，并在利津小街子渡口、蒲台道旭渡口和惠民清河镇渡口分别设立了渡河指挥部。

40多万军民过河的关键一环是解决渡船问题。各渡河指挥部紧急动员起来。第一，是征集调用沿黄各地现有船只；第二，组织大批工匠，突击建造船只。广大群众踊跃支援造船，纷纷捐献木材、铁料、桐油等建船材料。蒲台县道旭渡口，在渤海区第四支前指挥部政委夏戎的指挥下，由县船业工会组织集中2只大船、100余只小船和100余名船工，利用夜幕的掩护，来往摆渡，运输人员物资，于8月24日抢在国民党军队占领道旭渡口前三天圆满完成了协助华东野战军第六纵队过河的任务。渤海区还科学、有序地安排渡河人员，如鲁南转移人员集中于利津小街渡口过河，其他人员在惠民清河镇过河，从而加快了渡河速度。

转移军民渡过黄河后，分别安置在滨县、惠民、阳信、无棣、沾化、利津、乐陵、庆云、盐山、商河、临邑、德平等县，其中阳信、滨县、惠民、沾化较为集中，几乎村村户户住满了转移军民。陈毅司令员、粟裕副司令员率华野部分部队渡过黄河后，进驻阳信县何家坊（现属惠民县）一带。张云逸、邓子恢、舒同等率领华东局和军政机关1500余人，从利津县小街子北

转移到渤海区的华东军大与华东局、华东军区部分负责同志

渡黄河，转移至阳信一带。后华东军官教导总队与华东高级军官教导团合并组成华东军区解放教导总团，驻利津县左王区农村。两广纵队和渤海荣军总分校及其11个分校共60000多人驻无棣、阳信、滨县、沾化一带，重残荣军移住无棣城内的渤海荣军教养院。华东军政大学3000余人驻阳信流坡坞一带。

华东局、华东军区机关及直属队等部转移到渤海区黄河以北地区后，总计有40余万脱产人员靠渤海区人民供给。同时，渤海区还负责华野西线兵团的部分供应。马上进入寒冬季节，众人的吃、穿、住、用、医药供应等都需要当地临时筹集，问题多，头绪乱，时间紧，任务重，困难大。为了圆满完成这次安置接待任务，华东局建立中共华东局渤海工委，与当地干部团结一致，共渡难关。

转移初期，大批人员集中于清河镇、道旭、小街三个渡口，后勤供应任务相当艰巨。渤海区党委、行署十分重视，决定集中一切力量，全力保障供应。沿途群众也自发组织起来，为过往军民送衣送粮。位于道旭渡口附近的博兴县小营区牙店的联防主任郑秀兰和 6 个委员带领 3 个洗衣组、6 个炊事组，一昼夜接待过往伤员 700 人，洗衣服 1600 余件，煮面条 750 公斤。华野六纵部分部队渡过黄河行进到杨忠县时，遇到阴雨连绵天气，根本无法找到柴草做饭。当地群众得知后，纷纷把自己房屋的檩条隔一根抽下一根交给部队做饭。1947 年秋天，华东野战军领导要求后勤部门在 10 月前务使前方战士都穿上棉衣，渤海区党委、政府和人民群众全力以赴，发动群众拥军劳军，献粮、献布、献衣被，组织人员调集布匹、棉花等，日夜赶制。博兴、沾化等地的妇女提出"密针密线，棉得均、缝得好"的口号，做得又结实又快。沾化下洼区 2000 余名翻身妇女日夜努力，2370 套棉衣很快做成，另外还做了袜子 1500 双，纳鞋底 8000 余双。全区只用了不到 2 个月时间，就筹集到棉布547105 尺，做军衣 190000 套，军鞋 165250 多双，军袜 80000 双，保证了外地转移而来的人员安全过冬。

在物资供应方面，粮食是第一位的大问题。渤海区人民宁肯自己吃糠咽菜，也要节省粮食积极交纳，拥军支前。据不完全统计，1946 年渤海区共征粮 1.45 亿公斤，占当年全省征收公粮 5 亿公斤的将近 30%；到 1947 年猛增到 3 亿公斤，比上年翻了一番还多，约占全省当年征收公粮的 50%。许多村庄征粮占农民总收入的 40% 以上。

2. 抢渡道旭渡口

1947 年 3 月 15 日，国民党当局强行进行河南花园口堵口工程合龙，黄河归入故道，20 日水即到达垦利。黄河归故后，水位连续暴涨，由桃汛至伏汛未曾稍息，洪峰警报频繁传来。

就在这时，根据党中央的指示，鲁南、鲁中的干部、荣军及大部分家属必须北撤。同时，国际救济总署拨给解放区的救济物资也急需北运。这批物资很多，有毛毯、衣服、罐头药品等。为了防止敌机轰炸，战士们把物资和堤坝上的防汛土堆垒成一块，盖上黄毛毯，加以伪装。国民党也对道旭渡口加强了封锁，不停地派飞机轰炸扫射。

道旭渡口原有大摆渡 1 只，小摆渡 20 余只，船工 80 多人。整个渡口每夜只能渡运 3600 至 4800 人。船工们穿一件破裤头、一双自造的烂拖鞋，戴一顶破得不能再破的旧草帽，手持船篙，来回摆渡。船工朱队长中等个，瘦身材，40 来岁，亲自掌舵大摆渡船。

1947 年 3 月，渡口又调来新建造的大摆渡一只，每次能载 6 辆大卡车或载 800 人，编为第一号，原来的大摆渡改为第二号，调朱队长到一号摆渡负责。这样，每夜渡运人数在七八千。

一个微阴的夜晚，一辆满载黄色炸药的卡车开上二号摆渡，因未及时刹住，一头扎入河里，车尾则死死压住了船身，一动不能动。驾驶员救上来了，炸药也未受损失。但是，二号摆渡占住了码头，致使一号摆渡无码头可用，怎么办？情况危急，船工们纷纷出主意，想办法，最后用打木桩、搭架子、安绞车的办法，苦战三昼夜，把汽车拖了上来。

在距国民党军队进占道旭前三五天的时候，二号渡船载着300人的担架队渡河，船至中流突然失去控制，胳臂粗的铁锚链突然崩断，渡船箭一般地向下游射去，眼看就要与一号摆渡相撞了！这时，船工们再三强调："不要怕，千万别动！"只见两只船的船工们双手持篙，严阵以待，在两船相遇的一刹那，两方船篙互刺船帮，同时用力一点，避免了两船相撞。但二号渡船还是被射出30余里，在玉皇堂的漫滩上搁浅了。

二号摆渡事故后的一天午夜，一号摆渡载某部文工团等800人渡河，船过中流，突然来了两架敌轰炸机，它们盘旋在船的上空，往下扔炸弹。北岸的庄稼地里，燃烧弹在燃烧，火光熊熊，气浪逼人，炸弹爆炸声也不时传来，船上顿时骚动起来。为避免发生事故，船工们一再大喊："沉住气，千万不能

造船迎渡

跳船！船下水深一丈多，掉下去就没有命了！"船工们一边稳住文工团员们的情绪，一边把他们送上岸，然后又立即拨船，继续拉人去了。就这样，在国民党军队进占道旭的最后一个夜晚，终于把队伍和物资全部运到了黄河北岸。

3. 十六昼夜运粮一亿斤

"咯吱咯，碾儿响，家家碾米忙得慌。推的推来簸的簸，倒的倒来装的装，快快送到前方去，同志吃饱身强壮。为了前方打胜仗，人人筹粮出力理应当。"这首歌谣充分反映了渤海区人民支援淮海战役的真实心情和动人情景。

淮海战役期间，渤海区党委和行署的中心任务是支前和生

碾米磨面支援前线

产，为此提出"一切为了前线，一切为了战争的胜利"和"解放军打到哪里，我们就支援到哪里"的响亮口号。在参军拥军、出民工抬担架，以及筹运军粮、供应作战物资等方面做出了卓越的贡献。

1948 年 11 月，渤海区接到上级命令，要在 1 个月内筹集 1 亿斤粮食运往前线，支援淮海战役。

解放战争爆发以来，国民党军两次进犯，并侵占了渤海区黄河以南地区，使当地遭受巨大损失。在这种极其困难的情况下，渤海区人民不仅保证了 1947 年秋在渤海区黄河以北休整的华野部队和华东局等机关 40 余万人的粮食和物资供应，而且还有力地支援了鲁南、兖州、济南战役，共运送粮食 1.2 亿斤。现在要筹集 1 亿斤粮食，不得不从农民手中现征、现借、现加工，而且还要组织大量的人力和运载工具，困难甚大。

为了既快又好地完成任务，区党委和行署立即分头召开会议，进行动员和部署，要求各级党组织加强全局观念，团结和依靠群众克服各种困难，全力以赴完成支前任务。

渤海四分区召开了县长联席会议，认真贯彻上级指示精神，讨论部署筹粮运粮任务。会上不仅顺利地将筹粮任务落实了下去，而且各县还争先恐后地多要任务。

二分区各县边筹集边加工，全区动用石碾 1.8 万台，昼夜不停地碾米，很快完成了任务。临邑县朱楼村粮食筹齐后，男女老少齐上阵，20 天内碾谷子 1.8 万斤。

该县宿安镇的袁振芬是烈属，村里没分配给她筹粮碾米任务，当她听说前方需要粮食时，她把自己的 300 多斤谷子连夜碾成米，天明就送到区粮站。粮站的同志不收，她倒下小米就走，连秤也不过，还说支援淮海战役人人有份，她也有一份责任。

惠民县何坊区谷家安村共有 80 户人家，其中 70 户自动报名献粮。一个双目失明的翻身农民，村里没有分配给任务，他拄着拐棍摸到会场上，硬是把自己的 100 多斤谷子献上。

在运粮过程中，党员、干部以自己的实际行动带动广大人民群众，大大加快了工作进程。

在地、县委领导同志的率领下，除外出支前的劳力外，二分区全区男女老幼都投入运粮活动。他们赶制粮袋 93.2 万条，出动 1.8 万辆大车来往奔驰，半月内就完成了运粮任务。

三分区的民工二团有 3400 个民工，其中区、乡干部 370 人，党员 400 人，积极分子 700 人，在运粮中起到了关键作用。桓台县崔楼乡的粮库主任，白天发粮、收粮，晚上与民工一起装粮袋，连续四天四夜没合眼，忙得一天只喝一顿粥。他四天发粮 13 万斤，累得嘴上起泡，两眼肿成一条缝，仍坚持工作。他说，当干部就得带头吃苦。

临淄县的民工小车队 15 天往返运粮 10 趟，行程 1390 里。该县民工三营八班班长张殿鳌，连续 7 次执行任务，别人挑 45 斤，他挑 110 斤，宿营时让出好房给别人，自己在寒冷的院子里露宿。

桓台县民工班班长崔兴贵推一辆木轮小车，别人装 200 斤，他装 400 斤，在他的带动下，全班共运粮 11940 斤。

临淄民工营在运粮中开展创模立功活动，提出"模从劳中得，功从苦中生；支前是炼金炉，看谁钢镚镚"的竞赛口号。

全营 392 个民工，就有 229 人立了功，提前超额完成了运粮任务。党员、干部以身作则，群众的支前热情越来越高涨，许多群众自愿组织起来运粮。

商河县白集乡的群众在负担任务之外，又出 34 辆大车参加运粮。桓台县滨湖区的群众推迟自己割苇子的时间，自愿组织了 50 条船参加运粮。

为了运粮、碾米，许多群众自动集资购置牲畜和车辆。商河县刘安乡为运粮新购毛驴 21 头。桓台县原有大车 700 辆，小车 500 辆，运粮期间又购置了 700 辆大车、1200 辆小车。

群众在运粮过程中自编自唱道："小车吱吱赛凤凰，披星戴月赶路忙；咱把军粮送前方，同志吃饱打胜仗。"

干部、群众夜以继日、废寝忘食地工作，运量及运速都大大提高。原定日运 500 万斤，实际达到 690 万斤，最高日运量为 760 万斤。

从 11 月 28 日至 12 月 13 日，渤海区共出动大车 7 万余辆，小车 1.9 万余辆，木船 1250 艘，投入民工 17 万人，水陆并进，奋战十六昼夜，比原定计划提前十几天且超额完成了筹运军粮的光荣任务。

4."不穿军装的解放军"

1947 年 10 月，渤海区转入战略反攻以后，广大翻身农民要报答党的恩情，他们视解放军为亲人，奋起响应："要人有人，要粮有粮，要钱有钱，要物有物，解放军打到哪里，我们就支援到哪里。"他们离开家，随军征战，人民称他们是"不穿军装的解放军"。

宁津县和吴桥县的民工组成了"振吴民工团"，济南战役结束后，部队奖给该团民工每人两包饼干，他们舍不得吃，又带到淮海战场上，给伤员充当途中给养。他们用自己的钱给伤员买糖和水果，节约菜金60多万元，用于慰问伤员，被华东支前委员会授予华东模范团称号。

民工担架队火线救伤员

无棣县信阳乡郭打堡村民工排长郭凤藻，冒着枪林弹雨从火线上背下一名伤员后，又从炸塌的瓦砾堆中扒出两名战士。行军中用手捧麻叶为伤员接大便，用自己的缸子为伤员接尿，节省下菜金为伤员买鸡蛋吃，被评为特等功臣。

邹平县支前民工第三营八连，在翻身农民傅玉柱、张立业的带领下，全连192人，随华野第七纵队二十师后勤处行动，8个月转战四省，战场抢救伤员300人。为追击敌人，行军1300里，中途没一个人掉队，被华野第七纵队授予"打不烂拖不垮的钢八连"称号。

1948年9月，惠民县组织1690名民工，带担架360副支前。其中朱明臣、郭华民工营524人，经山东、安徽、江苏、河南等地，随军参加济南、淮海两大战役。其间，担负2个多月的火线抢救任务，4 次完成战斗任务，并活捉蒋军邳县县长王化一，俘敌兵 310 人，缴获机枪 8 挺、炮 3 门、枪 264 支、子弹 4 万余发。全营 515 人立功，3 个连分别被誉为"钢铁先锋连""英雄卓绝连""巩固模范连"，全营被华野第九纵队嘉奖为"钢铁民工营"。

以翻身农民为主的支前民工，在战场上是解放军的得力助手，他们还把老区人民的传统和生产技术带到新区，扩大了影响力。

5. 战火中的担架队

"哪里有伤员，哪里就有我们。"对这支战火中的担架队而言，在枪林弹雨中救护每一个伤员是自己义不容辞的使命。

1947 年春天，博兴六区支前民兵连随渤海万名支前大军，跋山涉水，徒步行军几百里来到了鲁南。到了莒南县境内，支前民兵全部换上了黄色军装，他们被分配到华野七纵一团的包扎所里工作，马道远任六区民兵连指导员。

从那时起，民兵们就肩挑药箱攀山越岭，夜以继日地在绵延的沂蒙山沟里转来转去，一天一夜，时常"运动"一百五六十里，再加上净走一些坎坷不平的山道，全连百十号人，个个脚上都起了大血泡。有一天，他们在离孟良崮不远的垛庄接受了一个光荣任务：战场抢救伤员。根据上级的指示，民兵连组织了一个 20 人的突击队，跟随突击部队，朝战斗前沿阵地直插过去。

　　当把第一批伤员抬到包扎所时，大家都认为，两三个人抬一副担架太慢了，不如一人背一个。连部决定：身强力壮的同志往下背，体力较差的同志用担架半道接运。就这样，第二批伤员都转运下来了。抢运第三批伤员时，已经二更时分了。战斗打得越来越激烈。马道远背着一个受重伤的营长刚接近一个山口，两侧山头的敌人开始朝山口疯狂射击，前进的道路被卡断了。

　　马道远发现，敌人射击的火力线总是距离地面一米左右，如果这个"死角"运用得当，就完全可以通过山口。营长是胸部受伤，背负转运是不行的，咋办呢？马道远急中生智，将营长的一条裹腿解下来，一头从他的背部穿过来和另一头系住，然后挂在自己肩上。这样，马道远用右手支撑着身体，左手托着营长的臀部，侧着身子一点一点往前爬。当拖到山口时，子弹嗖嗖嗖地从马道远身旁掠过，一些荆棘和石块也把他的裤子划破了，但马道远心里只有一个念头：即使中弹负伤，也要把营长背下去。过了山口，马道远才感到膝盖火辣辣得痛。原来他的裤子被磨出一个大窟窿，膝盖上一片血红。

后来，支前民兵连接到命令，2 个小时内撤过沂河，民兵连抬着或搀扶着伤员冒雨涌到了沂河岸边。

因为阴雨连绵，山洪倾泻，沂河水的浪如万马奔腾般翻滚着。一个家靠小清河的同志献了条妙计，用绳串成行，一根绳子横拉两岸，扶着绳子过河。

大家把一些担架绳子连接起来，一头拴在岸边的大柳树上，另一头由一人泅渡过河，系在对岸的老槐树上。雨，仍在哗哗地下着，河水显得更加凶恶逼人。大家全然不顾，只是一个劲儿地背着伤员，抓着绳子，朝对岸强渡。

一开始，选拔了一批体力强壮、富有泅水经验的同志负责往对岸运送伤员。后来，大家都不声不响地加入了抢运伤员的行列。由于人多压力大，渡绳被坠得发紧，顺水向下形成了一个大圆弧。突然，绳子坠断了，一大串人立刻被河水冲了下去。

岸上的同志一边大声疾呼，一边奋不顾身地往河里跳，遇险的同志死死搂住背上的伤员，冲倒了又站起来，站起来又被冲倒。就在这危难之际，好多解放军战士迅速赶来，在他们的帮助下，大家终于把遇险的同志救上了岸。

6. 陈毅担架连

"渤海第三连,真正是模范。学习搞得好,生活能改善。从没开小差,飞机打不散。"为了表彰担架连勇敢战斗、不怕牺牲的革命精神,陈毅司令员亲笔题词勉励。

1947年3月,寿光老区翻身农民组成一支常备民兵担架队,跟随华东野战军主力,先后转战于胶济铁路沿线、沂蒙山区、滨海地区、陇海铁路东段,历时9个月,

"陈毅担架连"锦旗

行军17000余里,参加重大战斗的战地救护60余次,先后荣获华东野战军三纵、七纵,山东省政府等授予的"钢的担架队""陈毅担架队""陈毅担架连"等光荣称号。

3月19日,担架队冒雨到索镇集结,被整编为渤海担架队第二团第三连,全连123人。3月23日,担架连冒着敌机的狂轰滥炸,跨过胶济铁路到达八陡,开始了南征北战。

担架连每个队员负荷不下50斤。部队走到哪儿,他们就跟到哪儿,没白没黑地爬山越岭、钻山沟。一个多月来,担架

连跟随部队，凭着双腿把国民党的机械化部队拖了个七零八落。5月初，华东野战军主力将国民党军4万余人分割包围在青陀寺、孟良崮一带。

孟良崮战斗非常激烈，阵地上的伤员一时运送不下来，在战地包扎所等候的担架队队员们都十分焦急，纷纷向连干部请战，要求到阵地上把伤员背下来。于是，连长单连桂和副指导员马泮祥冒着炮火找到十九师政治部的黄主任，要求上阵地救护伤员，替下担任第一道火线救护的部队投入战斗。

他们冒着枪林弹雨背起伤员就往包扎所跑，跑一阵，爬一阵，背了一趟又一趟。在平整的路段上背伤员还好办，在背着伤员爬陡坡下高岭时，伤员时常从背上滑下来，非常吃力。二排长刘玉汝想出了个办法。他解下自己的裹腿带，系在自己的腰间，用它兜住伤员的屁股，把伤员的双臂牢牢地握住。大家都照他的样子做，这样不仅减轻了伤员们的痛苦，而且缩短了抢救时间。

7月，担架连跟随部队参加南麻、临朐战役。这年夏天，连续下了40天的雨，山涧、沟壑到处是流水，民兵们整天在泥水中行来走去，鞋子老是湿漉漉的，许多人中水毒，腿和脚掌肿的肿，烂的烂，还要日复一日地行军，吃不上饭，睡不成觉，民兵们都十分疲劳。

一天，担架连和部队被弥河挡住去路，按照作战计划，十九师师部、直属营、文工团和担架连必须尽快渡过弥河，到达前沿阵地。担架连排长刘玉汝和连长单连桂向师首长建议，让民兵们来个"水上打冲锋"。担架连二排的民兵们紧紧挽着胳臂，排成三列慢慢地向对岸推进，到达对岸后他们用绳索、裹腿带把两岸连接起来，架起一道链式"人桥"，让部队过河。

在一次转运伤员的途中，突然传来急促的防空号声，民兵们紧张地抬着伤员分散隐蔽。正当大家忙着为伤员伪装的时候，一架敌机呼啸着向二班班长杨希成抬的担架俯冲而来。只见杨希成猛然跃起用身体护住伤员。瞬间，一串机枪子弹打在他的头前脚后，溅起的泥土飞落在他的身上。

班长杨寿臣是个老成持重的人。他常常向民兵们传授经验：伤员流了血容易口渴，千万不能给他生水喝。在他的带动下，民兵们负重再多，也会把战场上缴获的水壶灌满开水背上，以便及时抢救重伤员的生命。

经9个多月的随军转战，担架三连的足迹遍布齐鲁大地，有3人荣立一等功，7人荣立二等功，34人荣立三等功，有46人在火线上入党，"陈毅担架连"的名字被载入军史。

7. "病了也要完成任务"

张秀江经常对人说："分到房子、土地是翻了半个身，只有自己对革命出份力，彻底消灭国民党反动派，才能整个翻身。"因此他在出发支援淮海前线前说，他这次去支前，和之前不一样，一定立个头等功回来。

张秀江是博兴闫坊区闫坊村人，家有老母、妻子和一个小孩，分到一个宅子、二亩八分地后，不再受穷挨饿。张秀江经常自告奋勇带头干村里的工作。1947年修黄河，他立了三等功。

昌潍、胶河战役中，他5次支前，也都完成了任务。

1948年支援淮海战役时，张秀江在民工队任二排四班班长，一路上照顾同志很周到。每次放下车子就去号房子、准备做饭，清晨每天鸡叫起来，先给房东拾筐粪、挑水，天亮了，又烧洗脸水，抢着去做饭。班内个别同志比较懒，怎么办？张秀江心想，这几个同志其实也很积极，就是自律性差一些。张秀江想了个笨办法。他连着给他们烧了两天洗脸水，并叫他们起床洗脸。第三天，这几个同志再也不好意思懒下去了，也都早早地起来，给房东担水拾粪了。

有一天，本班张希圣病了。张秀江出门走了66里路回来，已近二更天，他顾不得休息，就给病号找麸子来做热敷，又给他烧水发汗。张希圣实在过意不去，就让班长赶快去休息。然而张秀江一直守在张希圣身边，一晚上炒了8次麸子，一夜没睡觉。

每到住地，张秀江总先设法帮军属干活。在徐州东郊县的堰头村，每天清晨都给军属担水、扫院子，住了三天，做了三天。军属周大爷说感慨不已。听说李大娘家里没有烧柴，张秀江急了，赶忙带领全班到田地里拾柴火，拾了300余斤柴火送给她。大娘感激地说，还是自己人好。

12月，水刚上冻，老百姓告诉他们湖里有国民党丢下的东西，张秀江马上脱去棉衣，跳入水里去捞，捞出一口锅和一箱子弹。上来时，张秀江冻得直打哆嗦。晚上住下，同志们都睡了，张秀江却常在车子旁转悠，他怕丢了运送的棉衣。12月26日晚，去黄口站推油，刚下了雪，路上泥泞难行，他便带头脱下鞋袜，一气推了400斤，并不时鼓励大家坚决完成任务。

后来，张秀江病了，吃东西很少，但他还是硬要推着车子。病到第7天，大队长叫他回去休息，他坚持要完成这次任务。大队长让人用小车推着他，他也拒绝了。到第10天，张秀江的病势好转。谁知前面出现了一条无桥的河，冷冰冰的水没到膝盖，小车都不得不停住了。张秀江一看着了急，脱下鞋袜、棉裤，带头推着车蹚水走了过去。大家一看，也都脱了鞋袜、棉裤，很快过了河。

张秀江积极负责工作，就被评为支前民工英雄。复员回家前，支前英雄张秀江的名字已经传到县里。许多人争着来看支前英雄。隔天，张秀江就挨门挨户去探望烈军家属，又在村里积极工作忙生产。1949年，他被全村推选为生产主任。

8. 精心细致运伤员

1948年，垦利县委根据上级命令，迅速组织第四批支前担架营，配合主力军，迎接全国大反攻的胜利。永安区立即组织了第四批民兵连，与全县的民兵连合编在一起，共计6个连700多人。8月上旬从陈家庄出发，连长张洪焘带领一个连被分配到十纵二十八师的师部医院转移伤员。

担架连来到师部医院时，天已经快亮了。医院驻扎在徐州西北角距陇海路50余里的一个小村庄里。担架连到后，一位负责同志说："你们来得好，部队已经和黄百韬兵团接上火了，这里的伤员需要抓紧转移，以防天亮飞机轰炸。"张洪嚞和队员们开始清点伤员，一共31人，可是担架只有27副，怎么办？张洪嚞和队员们商量了一下，决定让重伤的伤员坐担架，伤势轻一点儿的扶着走，或者轮流坐担架。这时，一个护理人员找到张洪嚞，嘱咐道："有位营长伤得比较重，一定让他坐担架。"张洪嚞到伤员营长跟前一看，发现他是小肚子受了伤，躺在谷草铺上一动不动，也不吭声。张洪嚞走上前，轻声说："请营长上担架。"伤员营长说："让同志们先走吧，我就暂时留在这里。"张洪嚞一听，坚决不干，使劲儿劝他上担架，但伤员营长仍不肯。眼看太阳快出来，张洪嚞就先把重伤的都抬上了担架，然后又和队员们合力把营长也抬上了担架，未上担架的轻伤员则由队员们搀扶着走。在办转移手续时，护士长认真地交代张洪嚞："这部分伤员由你们护理，医院实在抽不出人来护送了。"张洪嚞请她放心。担架队出发了，三排在前头，一排在最后，中间拉开防空距离，顺一条自然小沟向村东北方向出发，这时太阳已经升起。突然，敌人的飞机飞了过来，五架轰炸机排成一排。队员们立即把担架和伤员隐蔽在小沟底，用草把伤员盖好，趴在地上一动不动。轰炸机刚刚飞走，又来了架战斗机。这架战斗机在担架队的头顶上转来转去。队员们仍然一动不动。眼见战斗机往西边飞去，突然它又掉了个头，向着担架队扎了下来，一排机枪子弹密密麻麻地打了下来。一排长怕伤员营长再次受伤，一下子扑到营长身上，把他压在身子下，子弹擦着一排长的背飞过。

飞机飞走后，担架队抓紧撤离，走到中午，看到伤员又渴又饿，就来到一个村子住下，先弄了点儿水给伤员喝，又把自己带的小米煮成稀饭喂伤员。伤员营长看到这些情景，激动地说："你们是担架队，也是医护员，表现了革命同志的深厚感情，真不愧是老根据地民兵。"

9. 五十九面旗帜

1949年2月，渤海一分区担架一团荣获了华东支前委员会奖予的六面红旗。在这以前，他们早就扛着五十九面各色各样的旗帜了。要问这么多的旗帜哪里来的，民工们指着每一面红旗都能说出一个动人的故事。

一团三营在嘉祥县高山村驻防的时候，见家家户户都关着门，很不解。原来村民以为来了"杠子队"，都很害怕。十一连王如林所在的一班就号在一家姓高的寡妇家，但那房东起先坚决不让住，民工们好说歹说，总算在她家的前院住了下来。房东还是不高兴。那时候正逢秋收，该庄成熟的庄稼都涝在半尺深的水里，该班的人就赤着脚去给她割高粱穗子，又给她在场上晒，接着又给她把带泥的高粱秸从地里扛回来，一共收割了7亩高粱。房东十分感激，就做了好几样菜，但民工们坚决不吃。那房东感到非常奇怪，说："世界上还有这样的人？就是花钱雇人，也不比你们做得扎实。"民工们就给她说："我们不论到了哪个村子，对鳏寡孤独都会特别照顾。"那房东感激地说："真的吗？你们真是太好了！"

自此以后，那房东对他们就完全不一样了。原先她总是离大家远远的。后来，有个民工病了，她亲自端茶给他喝，还擀面条送到他床前，亲切地安慰他，叫他不要想家。她存有 100 多斤烟叶，没人给她卖。民工们就说："你跟着我们去赶集，我们给你把烟挑着。"房东信任他们，便说："不用我去了，你们给我卖了吧。"她还想让他们卖了烟叶再换点儿麦子来。民工们都照办了，把剩下的一些钱交给她。房东不肯接钱，说："你们这样周到，剩下的留给你们抽烟吧。"民工们一个钱也不要。她没有办法来表示自己的感谢，看到村里旁人家给民工送旗子，她也就在一块红布上绣了精细的花边，请人写了"感德不忘"四个字。

驻在嘉祥城西十里铺的四营三连一住下就帮助房东收割庄稼，其他各连各营也都争着给驻村的缺乏劳动力的人家干活。一个村子的所有秋庄稼本来都淹没在半尺深的水中，村民都愁没法子弄，结果民工们三五天就干完了，还扛到场院里晒干。贫农家没有牲口打场，民工们就三三两两地用绳子拉碌碡。有一家房东起初把两间屋顶漏了的房子给民工住，看到民工给自己做了活，一定要他们挪到堂屋去。民工们不但不挪，而且给房东把原来漏了的房子修好了。房东惭愧地说："自己以前瞎了眼，没有看出你们这么好。"民工们忙解释："这不能怪你，是蒋介石队伍害的，叫你们一看见军队头皮就发麻。我们就是为了打倒这种反动队伍才出来支前的。他是害民，我们是爱民；他是杀人，我们是救人。我们跟他不一样！"

在这里，民工们都忙前忙后。有的给村民修磨盘，有的磨菜刀和剪刀，有的就给房东编笊篱，有的打绳子。民工们更是把十里铺的许多屋顶都已经重新泥过，营里事务处的木工班给村民修桌椅、板凳，安门，修猪栏。农民都说，这是一帮能人。

在民工们离开十里铺的时候，全村送给四营十几面旗子，有的写着"助我农民"，有的写着"全民榜样"，还有的写着"劳动模范"。分别的时候，全村村民打锣敲鼓送行，许多房东恋恋不舍地送出去很远。

就这样，渤海一分区担架一团走在哪儿帮到哪儿，很快就收到了村民送的59面旗帜。

10. 雨中运粮

1949年的秋天，阴雨连绵，水涝成灾，道路冲垮，交通中断。在这种情况下，长山县第六区三元乡的干部、群众，在从牛家至张店长达60里的战线上，展开了一场冒雨抢运公粮的战斗，历时4天，胜利完成了任务。

8月初，三元乡牛家粮库接到上级通知，必须在4天内把粮库所存十几万斤夏粮全部运到张店火车站。区委、区政府马上协同乡政府召集三元乡管辖的5个村的干部开会。根据当时的天气和道路情况，研究决定：动员全乡青壮年参加，即使肩扛人抬，也要坚决完成任务。

经过革命战争洗礼的解放区人民，素有服从党的领导、听从党的号召、为革命敢于牺牲的精神。当时凡接到通知的人，个个情绪高涨，信心十足，无一人临阵退却。当晚，妇女们为青年准备干粮，有的烙饼，有的蒸窝头。青年们则忙着打鞋绊，

支前担架队冒雨奔赴前线

找水壶，整理行装。一大早，青年们都到粮库集合，经过登记以后，每人担负一袋重约50斤的小麦，小麦则用白布面袋子扎起来。就这样，一支300多人的运粮队伍浩浩荡荡地出发了。

俗话说，"远路无轻担"，由于天气闷热，道路泥泞，没走多远，多数人就已大汗淋漓了。没多久，又淅淅沥沥地下起雨来。"下雨了，怎么办？""同志们，咱把衣服脱下来盖在粮食上，千万不能让雨淋湿了粮食！"说完，大家个个脱了上衣，把衣服盖在粮食上，光着膀子前进。老天总算有眼，雨下了一会儿就停了，可是路变得更难走了。一步一溜，两步一滑，不小心踩到泥窝里，费好大劲儿才能把脚拔出来。鞋子在脚上简直就成了累赘，只好脱了鞋在泥水里涮涮，别到腰间，光着脚走，这反倒让大家觉得轻松了不少。渴了喝口水，饿了吃口干粮，谁也不愿意落下，谁也不甘落后。

队伍越接近张店，行进越艰难。脚下起泡了，肩膀磨破了。饥、渴、累，折磨着人们。大家互相鼓励着，互相帮扶着。天擦黑时，终于把一袋袋小麦送进了张店火车站专设的仓库里。

第一天时间，大家肩扛步走，也只运了不到 2 万斤粮食，脚上还磨得起了泡。时间急迫，任务繁重，单靠人力根本不可能完成任务，必须得想个法子。这时，有人建议，我们可以发动乡里的耕牛和拉车的牛来驮粮食。消息传出后，四村八邻的乡亲都把自家的牛牵到粮库来。当时，路上的道路被雨冲垮了，车子过不去，只能用牛驮。可是，当时的牛要不用来拉车，要不用来耕地。而且有的牛就是不准人们往它背上放东西，口袋一挨牛的背，牛不是弹就是跳，甚至乱蹿乱蹦，怎么拉也不走。为了完成任务，乡里选了几个身体特棒又有经验的人专门驯牛。抠着鼻圈，拉着缰绳，往牛背上加载，不用一个时辰，牛也就服服帖帖了。

从第二天开始，粮库一边继续发动群众用肩扛，一边用牛驮。用牛驮粮这个办法一实行，任务进展就比较快了。一头牛能驮三口袋，一口袋约 120 斤，早出晚归，一天可以一个来回。经过全乡干部群众的共同努力，终于按时完成了任务。

当大家从车站工作人员手里接到收条时，每个人的脸上都洋溢着胜利的微笑。一身的疲劳，似乎都随着火车的汽笛声，渐渐消失了……

参考文献

[1]《中共渤海区地方史》编写组著，李晓黎主编：《中共渤海区地方史》，中央文献出版社 2000 年版。

[2] 北京八路军山东抗日根据地研究会渤海分会编：《渤海抗日根据地回忆史料（全 3 册）》，中共党史出版社 2013 年版。

[3] 徐新民、张裔杰、宋守松主编：《渤海烽火》，中国文史出版社 2005 年版。

[4]《八路军山东纵队史》编审委员会编：《八路军山东纵队史》，中共党史出版社 1995 年版。

[5] 李晓黎主编：《从渤海到海南》，中共党史出版社 2007 年版。

[6] 中国人民解放军五一三六一部队政治部、中共山东滨州地委党史资料征委会编：《从渤海之滨到武夷山下》，黄河出版社 2017 年版。

[7] 中共滨州市委党史研究院（滨州市地方史志研究院）编：《渤海区人民支援解放战争纪实》，中国文史出版

社 2022 年版。

[8] 邢文福、赵红星主编：《鱼水情深》，中共党史出版社 1995 年版。

[9] 中共惠民地委党史资料征集研究委员会、中共德州地委党史资料征集研究委员会、中共沧州地委党史资料征集编审委员会编：《中共冀鲁边区清河区渤海区组织史资料汇编》，中共党史资料出版社 1989 年版。

[10] 何郝炬著：《霜天晓月（上、下）》，四川人民出版社 2007 年版。

[11] 孙克忠编：《邹平文史》，中国文史出版社 2004 年版。

[12] 常连霆主编，中共山东省委党史研究室、山东省中共党史学会编：《山东党史资料文库（全 30 册）》，山东人民出版社 2015 年版。

[13] 徐新民主编：《滨州文史（第 5 辑）》，中国文史出版社 2006 年版。

[14] 中共惠民地委党史资料征集研究委员会、中共沧州地委党史资料征集编审委员会、中共德州地委党史资料征集研究委员会编：《中共冀鲁边区清河区渤海区党史大事记》，中共党史资料出版社 1989 年版。

[15] 中共滨州市委党史研究室编：《滨州市中共党史简明读本》，山东齐鲁音像出版有限公司 2019 年版。

[16] 中共惠民地委党史资料征集研究委员会、山东省惠民地区民政局编：《渤海区革命历史图片集》，华龄出版社

1989 年版。

[17] 中共寿光县委党史委编:《寿光风云》，山东大学出版社 1992 年版。

[18] 景晓村著:《景晓村文集》，中共党史出版社 1995 年版。

[19] 中国人民政治协商会议沧州市委员会、中共沧州市委党史研究室编:《沧州红色记忆（全 14 册）》，中共党史出版社 2021 年版。

[20] 荆荣清主编，中共章丘市委党史资料征集研究委员会编:《章丘革命斗争史》，济南出版社 1999 年版。

[21] 中共东营市委党史研究室著:《中共东营地方史（第 1 卷）》，中共党史出版社 2003 年版。

后 记

　　《丛书》的编纂，是在山东省委宣传部直接领导下完成的。省委常委、宣传部部长白玉刚同志统筹策划部署，并担任编委会主任，多次主持召开编委会会议，提出明确目标要求和指导意见。省委宣传部分管日常工作的副部长、省文明办主任、省新闻办主任袭艳春同志对本书的立项出版、风格设计等方面提出了许多宝贵意见。在魏长民、毕司东、程守田、张同海、冷兴邦等同志的大力指导支持下，以教育部人文社科重点研究基地山东师范大学齐鲁文化研究院为学术挂靠单位，组建了《丛书》编纂学术委员会，具体负责编纂工作。山东师范大学特聘资深教授王志民任主任，山东大学儒学高等研究院教授杨朝明、中共山东省委党史研究院原一级巡视员韩延明、鲁东大学原副校长刘焕阳任副主任，全省相关高校、科研单位的 15 名学者为委员。

　　编纂过程中，《丛书》被列为山东省社科规划 3 个重大委托项目和 16 个一般项目。杨朝明为传统文化重大项目组首席专家，韩延明为红色文化重大项目组首席专家，刘焕阳为河海文化重大项目组首席专家。编委会经反复研讨，制定了《编撰体例》《编撰指导意见》；在省委宣传部支持下，采取主任统一领导与首席专家具体负责相结合的方式，认真落实各卷主编为质量第一责任人、首席专家和学术委员为主要质量把关人的运作机制；多次召开线上与线下、全体与分组相结合的研讨会，对提纲设计、样稿研讨、通稿审稿等关键环节，深入研讨、反复审议，编委会与全体编纂人员团结合作、齐心协力，付出了艰辛劳动。山东文艺出版社提前介入，对编纂工作和撰稿体例等提出了许多宝贵意见。在此，我们谨向为《丛书》编纂付出心血的各位领导、专家、作者和所有相关同志们表示诚挚感谢！

本册编纂，得到首席专家韩延明教授和学术委员田同军教授、章猷才教授、李金陵教授、吕志俊教授、汲广运教授的悉心指导，并得到滨州市委宣传部的大力支持。主编张卡研究馆员（滨州市博物馆）全面负责本册的编纂工作。具体撰稿分工如下：中共滨州市委党史研究院征编一科科长丁珊珊、中共滨州市委党校党史党建教研室讲师胡延群负责资料的搜集整理和提纲设计工作，渤海革命老区纪念园宣传教育科副科长刘树松、滨州市新闻传媒中心主任编辑孙洪师、惠民县委党史研究中心主任孟书军负责初稿撰写工作。

由于水平和条件所限，不妥之处在所难免，欢迎有关专家和广大读者批评指正。

编者

2023 年 8 月